郭苏淮七绝500首

郭苏淮 著

百花洲文艺出版社

图书在版编目（CIP）数据

郭苏淮七绝500首/郭苏淮著. —— 南昌：百花洲文艺出版社，2019.3
ISBN 978-7-5500-3202-6

Ⅰ.①郭… Ⅱ.①郭… Ⅲ.①诗集-中国-当代 Ⅳ.①I227

中国版本图书馆 CIP 数据核字(2019)第 039760 号

郭苏淮七绝500首　　郭苏淮　著

出 版 人	姚雪雪
选题策划	周瑟瑟
责任编辑	杨　旭
装帧设计	潇湘悦读文化研究会
出 版 者	百花洲文艺出版社
社　　址	南昌市红谷滩新区世贸路898号博能中心一期A座20楼
电　　话	0791-86895108(发行热线)0791-86894790(编辑热线)
邮　　编	330038
经　　销	全国新华书店
印　　刷	长沙市精宏印务有限公司
开　　本	889毫米×1194毫米　1/16
印　　张	13
版　　次	2019年3月第1版第1次印刷
字　　数	230千字
书　　号	ISBN 978-7-5500-3202-6
定　　价	42.00元

赣版权登字　05-2019-55
版权所有,侵权必究

网　　址　http://www.bhzwy.com
图书若有印装错误,影响阅读,可向承印厂联系调换

天下之心

钟子美(香港)

  郭苏淮君,诗名楚歌,安徽合肥人士,新四军老战士之后。性儒雅,落落大方,与君交,如沐春风。

  近有绝句五百首结集问世。其诗,心语也,如清流漱石,声声入耳,涤尽凡尘。即如缅怀先烈,讴歌当代者,亦慷慨出自肺腑,无矫饰,无虚言。诚朴如郭君者,实乃当今民族主流之写照,有此则有过往之苦斗,有此则有今日之成功,有此亦必有未来之辉煌也。故《毛诗序》云:诗,道己一人之心,言一国之事,总天下之心也。

(作者系香港作家、诗人,世界华人文化研究会会长。)

喜见郭君七绝 500 首即将付梓

许昭华（香港）

郭君，楚歌者，郭苏淮先生也，系深圳市新四军研究会执行会长、世界华人文化研究会荣誉会长，其于深圳市中层领导岗位公务员退休后，醉心文学，特别于 2016 年后几年内，创作大量律绝及散文诗，现着手将七绝 500 首整理编辑成书，即将付梓。

所谓七绝，即七言绝句。绝句，亦称截句、断句。绝、截、断均有短、截义，因定格为四句，故名。

绝句以五言、七言为主，简称五绝、七绝。唐代律诗形成之前，已有绝句，虽亦押韵而平仄较自由，后人即用"古绝句"以别于近体绝句即律绝。

郭君七绝 500 首，系近体七绝（七言律绝），除个别数首因已书法而不思改动保持原创外，其余中规中矩，韵脚、平仄、对粘、孤平、三平等等皆全然顾及。

赏读全篇，发现诗人作品中颇多特拗句。大凡仄仄脚之诗句，若五言第4字、七言第6字拗，称特拗，拗则前一字必救之，称特定变格（特拗只存在于仄仄脚之句子：仄仄平平平仄仄）。

原律绝规定句式：仄仄平平平仄仄；若第6字拗及救拗后即成：仄仄平平仄平仄。

文学创作，无论诗、词、曲、赋、骈、散等，皆需注意结构，方不至杂论无章。然古人云："文无定法，文成法立。定体则无，大体则有。"若一味泥于结构，则难成佳作。

律绝要法，曰"起、承、转、合"。首句为起句，破题或对景起，或引事起，或就题起。次句为承句，接破题或写意，或写景，或书事用事引证。三句为转句，借前句意，相应相避，或写景，或书事用事引证。四句为结句，借前句意，或就题结，或用事结，言有尽而意无穷。诗言志，诗人遵循作诗章法：托物言志，融情于景；语句朴实，直抒胸臆；铺排陈述，自然流畅；情致婉约，意境开阔。诗文驱于绳墨，净化心灵，丰富生活，在这大变革时代，岁月留痕，以为史事之记录。可喜可贺也！

衷心期待及祝贺《郭苏淮七绝500首》早日问世。

（作者系香港作家、诗人，世界华人文化研究会常务副会长兼秘书长。）

品读楚歌,超拔情趣

杜钢建

诗人楚歌,高大挺拔,风雅趣广。余识楚歌,自幼崇敬。遥忆年少,威武霸气。动乱时代,除暴护弱,大院侠们,无人不服,人称老大,名振合肥。心慕老大,仅知雄武,未识楚材。人高志宏,经年依旧。老当益壮,玉琢成德。英雄柔情,浸透诗词。屈原委意,心怀国运。李白盘月,九天览胜。似杜甫笔,浪迹江阁,随境成诗。类东坡词,气势映虹,直贯胸臆。如弃疾风,艰旅报国,新军突进。同复生志,自度度人,悲悯众生。咏梅韵柳,絮语缠绵。钩陈追贤,笔惊山川。穆王安民,济世愿景,西母悲吟,遂觞瑶池。自命楚歌,南国烟雨,江清月明,韵雅调和,吟海诵榕,情满鹏城。众仰巨人,伟岸温馨,细述心语,漫描春色,画映秋光,歌遍楚地。

闲品君诗，茶香古陶，氲腾佛具，忘世孤高，书劲文蔚。夜读佳词，思飞离骚，情越大雅，寒冬意暖，酷夏清凉。品读楚歌，超拔情趣。承蒙垂厚，是以为记。

（作者系著名学者，湖南大学教授、博导，法治湖南研究院院长，湖南省政府法律顾问，享受国务院特殊津贴专家，"一带一路"法律服务联盟主席。）

目录

001 | 天下之心　　　　　　　　　　　钟子美
002 | 喜见郭君七绝500首即将付梓　　许昭华
004 | 品读楚歌，超拔情趣　　　　　　杜钢建

001 | 春兴 / 感兴
002 | 自题(二首) / 感吟(二首)
003 | 偶感 / 感怀(二首) / 诗心
004 | 晨读(二首) / 偶兴 / 感吟
005 | 迎新春 / 游兴
006 | 踏春 / 2018新年感赋(二首) / 漫吟
007 | 感咏(四首) / 春吟
008 | 自勉 / 春趣
009 | 晨吟 / 友宴 / 夜酒醉归
010 | 春兴 / 芜湖镜湖夜色
011 | 池州平天湖 / 芜湖镜湖忆咏 /
　　　安顺虹山湖九孔桥

012 | 春景 / 西江记游 / 乌镇吟

013 | 元夕 / 春情

014 | 鹏城春浓 / 题李谷一从艺 50 周年演唱会 / 感念

015 | 感赋（二首）/ 感兴 / 感赋

016 | 感咏 / 访六祖家乡广东新兴感吟

017 | 咏马 / 原上

018 | 赋东江放生（二首）/ 禅诗：愿天下有情人终成眷属

019 | 古井

020 | 遣兴 / 再赞古井贡酒（三首）

021 | 咏古井酒·中国强 / 夜感吟

022 | 偶思 / 感兴

023 | 感吟 / 遣兴 / 湾海（二首）

024 | 桃花岛吟（二首）

025 | 归梦 / 书怀 / 深圳雾（二首）

026 | 感咏 / 闲咏（二首）/ 杂诗

027 | 春吟 / 湾海夕照 / 深圳湾晚景

028 | 趣题 / 古意（二首）/《登鹳雀楼》感吟

029 | 太白楼 / 感旧

030 | 感韵 / 偶感（二首）/ 望海

031 | 忆游 / 晨游泾县桃花潭

032 | 读李白赠汪伦诗感吟（二首）/ 春吟（二首）

033 | 鸡年咏吴玉柱画 / 庐州雪

034 | 冬雪 / 吟雪

035 | 大雪感吟 / 小雪 / 夹竹桃

036 | 杜鹃吟 / 簕杜鹃

037 | 吟大妹郭苏萍夜游合肥蜀峰湾公园 / 漫兴 / 感吟

038 | 踏春 / 春兴 / 春草

039 | 清明 / 有感于北方清明飞雪 / 题杏花春雨图

040 | 题郭中亮所摄雪山照 / 春信

041 | 题老同学吴云冠江南水乡画 / 春兴 / 元旦感吟

042 | 年初八友聚逢春雨 / 鹏城春情 / 感吟（二首）

043 | 春情 / 春兴

044 | 趣吟 / 龙抬头 / 腊日感吟

045 | 冬至（四首）/ 鹏城冬景似春

046 | 冬吟 / 深圳湾览景 / 夜醉

047 | 友宴 / 下沙村与友欢叙 / 思乡友

048 | 迎新春 / 冬花 / 冬月吟

049 | 晨吟 / 漫兴 / 冬兴

050 | 冬吟

051 | 鹏城冬景 / 晨咏 / 飞鹭（二首）

052 | 闻鸟 / 遣怀

053 | 海湾傍晚 / 漫兴

054 | 冬兴（四首）/ 吟怀

055 | 蓬莱感咏 / 菊吟 / 咏菊

056 | 咏新菊 / 丁香

057 | 漫兴 / 秋菊 / 秋兴（二首）

058 | 梦境 / 漫兴（集句）/ 夜赋

059 | 无题 / 深圳夜 / 咏蝶

060 | 梦吟 / 感赋

061 | 遣怀 / 立春 / 初春（二首）

062 | 望春 / 新晴

063 | 早行（二首）/ 晨吟（二首）

064 | 晨兴 / 感咏 / 春兴

065 | 岭南春 / 感吟 / 春吟

066 | 春韵 / 友至 / 杂吟

067 | 家风——父亲郭体祥诞辰100周年感咏 / 赠花

068 | 莲花 / 睡莲 / 梦里人

069 | 漫兴 / 立夏

070 | 夏景 / 夏游（二首）/ 望海

071 | 感咏（二首）/ 遣兴 / 夏午行

072 | 闲游 / 偶感 / 遣兴（二首）

073 | 晨游（三首）/ 夏情（二首）

074 | 瞻仰新四军四支队对日作战指挥中心感吟 / 夏吟（二首）/ 秋雨

075 | 重阳感怀 / 荷香 / 晚霞

076 | 仲夏漫兴 / 渔舟唱晚

077 | 忆子同 / 夕景 / 观海

078 | 感吟 / 心境

079 | 吟陶潜 / 新岁遣怀 / 漫兴

080 | 晨吟 / 感吟

081 | 初三感吟 / 望春 / 咏海南黄花梨

082 | 砀山黄桃熟 / 梧桐人家

083 | 秋兴 / 晨兴 / 钓鱼乐

084 | 蔷薇 / 漫兴

085 | 合肥长丰陶楼记游 / 谷雨 / 感吟

086 | 感怀 / 吟陶楼

087 | 邀月饮

088 | 秋月思 / 秋月吟 / 秋兴

089 | 夕吟 / 夜咏

090 | 友会 / 漫兴 / 秋夜吟

091 | 秋夜纪怀 / 枝鸟 / 秋晚

092 | 感吟 / 中秋吟 / 山家秋望

093 | 感念 / 晚兴

094 | 晚秋之深圳湾 / 感吟（二首）/ 感念

095 | 遣兴 / 夜吟 / 冬日紫荆

096 | 初冬吟 / 海吟

097 | 漫吟 / 雁荡山 / 清明晚情

098 | 咏木棉（三首）

099 | 木棉与杜鹃 / 回乡吟 / 乡园晨闻鸟鸣

100 | 晨兴 / 再题园中柿树 / 再咏合肥家院柿子树桂花树

101 | 忆友聚 / 端午感吟 / 漫兴

102 | 深圳欢乐海岸（三首）

103 | 春兴 / 映山红 / 春趣

104 | 春兴 / 冬兴 / 梅吟

105 | 黄山雪（二首）

106 | 春日乘高铁经黄山返乡吟 / 深切纪念毛主席诞辰124周年（二首）/ 深切纪念周总理诞辰120周年感怀

107 | 深切纪念周总理诞辰119周年感怀 / 喜迎党的十九大感咏 / 喜迎国庆和中秋佳节感怀

108 | 吟新四军四师抗战 / 庆祝建党 96 周年感咏

109 | 赞铁的新四军画展在沪中华艺术宫隆重开幕 / 抗战胜利日感怀 / 大型现代粤剧《浴火凤凰》（阳关体）赞咏叶挺将军夫人李秀文的故事

110 | 赠新四军老战士钱正英阿姨 / 咏新四军老战士陈兰老妈妈

111 | 新四军成立 80 周年巡回展在深圳开幕 / 新四军军魂吟 / 咏建军 90 周年大阅兵

112 | "八一"感怀 / 清明缅怀八宝山革命公墓英烈感赋（二首）/ 八一建军节咏叶挺将军

113 | 咏朱德元帅 / 感咏陈毅军长 / 咏贺龙元帅

114 | 祝贺汕尾市红色文化协会成立深切缅怀彭湃烈士感吟 / 感咏

115 | 沉痛哀悼叶正大将军不幸逝世 / 步陈昊苏大哥诗原韵悼念陈小鲁先生

116 | 赠上海亿嘉国际货运公司（二首）

117 | 杜钢建教授在张家界拍摄远古植物化石印记感吟 / 昭君吟

118 | 吟惠国胜大哥赠书予李良津、邓小燕伉俪 / 王昭君

119 | 深圳湾欢乐海岸晚景 / 夜吟 / 夜酒归

120 | 合肥八中部分老同学欢聚感吟 / 漫兴

121 | 九华吟 / 九华记游 / 忆九华

122 | 忆游

123 | 顺德顺峰山清晖园 / 咏梅

125 | 感咏赵文波老人画梅（二首）/ 咏蝶

126 | 吟合肥老同学夏毓林摄郁金香 / 雪梅 / 月中梅
127 | 寻梅 / 腊雪红梅 / 题老同学夏毓林画梅（二首）
128 | 春寒 / 电影《芳华》上映有感
129 | 观中央电视台中国诗词大会第二季感吟 /
题吴玉柱教授画牡丹图 / 荷（二首）
130 | 梯田 / 李太白
131 | 题咏新四军老战士92岁老人肖华叔叔牡丹画
 / 题国际一级画师李来宝先生牡丹图
132 | 题汪忠玉先生牡丹图 / 感怀
133 | 巢湖纪行 / 感吟 / 还乡吟
134 | 怀吟 / 霸王别姬
135 | 小溪 / 鹏城秋兴 / 黄鹂
136 | 贵阳记游 / 春兴
137 | 题郭中亮所摄罗湖桥照 / 题池中锦鲤图 /
太平猴魁
138 | 大漠胡杨
139 | 深圳平安大厦 / 冬吟（仄韵）/
热烈祝贺江苏省宿迁市新四军研究会成立
140 | 参加上海纪念彭雪枫诞辰110周年活动感咏 /
纪念彭雪枫将军诞辰110周年感怀
141 | 丁酉年著名书法家王亚平书/痛悼余旭
142 | 下沙粤府与诸友欢聚步钟子美老师诗韵
143 | 和香港著名诗人许昭华老师
144 | 和昭华兄绝句
145 | 吟锦鲤 / 友聚 / 咏金天赐院长山水国画作品
146 | 题金天赐画 / 题金天赐翠鸟图

147 | 春晨闻鸟鸣 / 回乡 / 感吟

148 | 秋吟 / 闲吟

149 | 感咏 / 感咏 / 天井湖

150 | 铜陵行感吟 / 宁静致远

151 | 漫吟 / 戏吟 / 春夕

152 | 夜吟 / 春晨 / 漫兴

153 | 杭州西湖歌舞盛会 / 访友

154 | 漫兴 / 秋吟 / 秋兴(二首)

155 | 秋晨(二首) / 远望感吟 / 重阳

156 | 回庐州 / 秋节集句 / 秋日杂咏

157 | 春寒漫兴 / 秋景

158 | 飞鹭(二首)

159 | 鹭 / 柳枝词 / 漫兴

160 | 秋吟 / 秋望 / 中秋感吟

161 | 咏麦务强黄果树瀑布照 / 秋吟

162 | 感吟深圳徽粤轩大酒楼文化氛围浓郁 /
秋夜(二首) / 感赋

163 | 秋吟 / 秋情 / 秋兴

164 | 秋咏 / 秋风凉

165 | 红林 / 咏蝶 / 秋趣(二首)

166 | 偶吟 / 红花 / 桃花

167 | 双色茉莉 / 遣兴寻幽

168 | 西湖 / 庐州春情 / 三峡

169 | 秋江吟巢湖陈友德院长老友画 / 漫兴

170 | 感咏(二首) / 题肖涵敬书《心经》 / 咏妹妹郭
沪生合肥家院三角梅

171 | 咏妹妹郭沪生种花（二首）

172 | 深圳友人蒙君公司观大陨石感吟 / 秦淮忆游

173 | 老同学相聚感怀 / 合肥老友陈辉 1980 年代古井贡酒款待偶得

174 | 月季 / 春情 / 感吟

175 | 夏吟（二首）

176 | 黄山忆游（三首）

177 | 自吟 / 钱塘潮 / 姚敬美安徽涡阳家乡观麦田

178 | 老三届知青 68 年下放 50 周年感怀 / 春思

179 | 腊梅 / 梧桐

180 | 竹屋雅趣（二首）

181 | 雪梅 / 题松鹤图 / 仙鹤

182 | 梅鹤 / 天柱山

183 | 石斛 / 吟雾凇

184 | 咏柳（八首）

185 | 母校合肥八中 60 周年校庆感赋

186 | 吟茶花 / 围棋

187 | 题一位老先生所摄双鹤图 / 读《昭明文选·陶渊明传》感吟

188 | 感吟弟弟郭苏球和孙女郭晨曦全家胜游 / 深圳鹿丹村友人新房感吟

189 | 左公柳（二首）

190 | 后记

春兴

池边观柳吟名士,泰岳玄言才女诗。
我学东坡思赤壁,扁舟欲待棹波迟。

注:名士指东晋才女谢道韫。谢作《泰山吟》玄言诗,气度非凡有阳刚之美(泰山亦称泰岳)。余嘉锡云:"道韫以一女子而有林下风气,足见其为女中名士。"

感兴

心声一曲越千峰,破帽遮颜不改容。
余作诗词闲凑韵,长吟春夏与秋冬。

郭苏淮七绝500首  001

自题（二首）

半生荏苒已成翁，独立闲斋沐晚风。
笔底诗心何处寄，墨痕轻染一笺中。

荣辱休惊改旧容，拙诗凑韵见心胸。
文章报国吾之愿，白首行歌仰劲松。

感吟（二首）

如梭岁月染芳华，满目沧桑梦落花。
春色灿然知骤暖，禅心自在乐烟霞。

寄怀南国聊为守，人事消磨谁识真。
晓梦醒来殊不倦，花开时节不闲身。

偶感

夜半无眠万象闲,雨凉庭树染苍颜。
仰天一片风云淡,始觉浮生梦境间。

感怀(二首)

漭漭潮波闻远岸,千年江海共心期。
白头唯觉多真意,理咏南唐后主词。

陌上芳华浑似梦,杜鹃声里雨如烟。
鹏城春月初三日,友聚催吾一醉眠。

诗心

清辉静水浮云过,疏竹听琴知好音。
花近楼台亭榭外,唐风宋韵咏诗心。

晨读（二首）

晨光微透一灯明，依枕读书闻雨声，
富贵浮云安可久，浅斟低唱若平生。

灯前览读多佳想，花柳清风别有春。
诗卷情深如故友，书田勤种作痴人。

注：以耕田喻读书，所以书也称"书田"。《王迈·送族侄千里归漳浦诗》："愿子继自今，书田勤种播。"

偶兴

家住鹏城二五春，红林海畔避轻尘。
如今深解诗仙醉，肯羡天涯快意人。

感吟

浮生岁月历沧桑，爱酒一杯常在旁。
古木萧萧如白首，老来吾亦学冯唐。

注：冯唐易老，李广难封。

郭苏淮 摄影

迎新春

泛觞流咏乐华年，玉笛飞音夜管弦。
半醉欢娱新岁酒，已闻钟鼓晓声传。

游兴

初阳重见犬年春，着意吟花望海滨。
白鹭闲翔波上舞，岸滩多少忘归人。

踏春

雨霁芳菲转晓晴,闲游步步向山行。
物华适意须觞咏,花树春风闻语莺。

2018新年感赋(二首)

沧海洪波早日斜,禅心云水共天涯。
闲斋不觉流光老,欲对新年好物华。

亲朋对酌陌花开,爆竹声声出碧台。
今岁屠苏消疾疫,妆光梅影入帘来。

漫吟

人生何处不天涯,绿水江南节物华。
春色迷人邀客醉,梅枝初绽岭头葩。

感咏（四首）

洪炉点雪灵犀在，丽日风清景自成。
涵泳优游善求索，千书历览韵诗明。

荷雨兼香浥细尘，空山一曲百花新。
即今夏月风光满，欣作悠悠白发人。

诗吟湘岸都栽竹，截住巫山不似云。
夏日行烟何处去，池边柳拂草氤氲。

故园心系人归远，何处清风拂海涯。
小屋诗书吟读好，亭前竹色雨来佳。

春吟

禅心皓月醉春风，总把诗情落墨中。
幸识丹青难画虎，几回萦梦鹭飞空。

自勉

本是庐阳一后生,诗书欣读不贪名。
夕阳容得芳华染,佛蕴禅思自在行。

春趣

闲步池南柳色边,小桥流水袅轻烟。
忽来几点疏疏雨,乘兴攀山觅杜鹃。

晨吟

湾海晨游逸兴多,春花弄影自婆娑。
抬头树隙观天白,朗日风清鸟漫歌。

友宴

雨过楼台作晚寒,相逢一笑酒杯干。
人生所贵存知己,淝上春浓更尽欢。

注:淝上:合肥。

夜酒醉归

鹏城微雨拂清流,点点灯光处处楼。
酣酒不知缘似梦,眼前犹觉是庐州。

注:庐州:合肥。

郭苏淮 摄影

春兴

春深桃艳晓轻寒,燕子双飞别意看。
烟雨楼台依绿水,海棠如醉望凭栏。

芜湖镜湖夜色

山环水绕楚连吴,月落波心泻玉壶。
竹锁桥边花静院,镜湖烟柳似姑苏。

注：芜湖,有谓楚尾吴头。古诗时将玉壶喻月亮,取高洁之意,与芜湖镜湖之月景相合。镜湖边一小桥和湖中岛相连,岛上建有芜湖画院,镜湖烟柳是芜湖十景之一。

池州平天湖

平天湖爱雨中行,堤岸氤氲柳色轻。
一水烟波如匹练,小楼诗酒友来迎。

芜湖镜湖忆咏

暮色春江入画图,月明荷影霰琼珠。
名城美景君相问,一半风光是镜湖。

安顺虹山湖九孔桥

九孔桥头四望空,一番新雨一凉风。
欲闻秋韵枫红处,诸友尝茶六月中。

春景

泉水清清细细流,江南雨润柳丝柔。
烟波十里微风起,一叶扁舟立浪头。

西江记游

苍山云雨净松筠,花动风柔陌上春。
唯有江楼闲适处,水禽飞起戏游人。

乌镇吟

东风吹雨拂芳尘,良会仙桥绿水滨。
晚渡归舟乌镇夜,柳烟堤畔醉游人。

姚敬美 摄影 >>>

元夕

海天今夕生明月,明月有心今夕圆。
皓彩满城灯市夜,银花火树倚婵娟。

春情

总忆天涯故友情,百花娇媚逐春生。
满城佳气同欢聚,远树轻雷齐和声。

鹏城春浓

岸草林前接海涯,东风吹雨润芳华。
踏春枝有惊心鸟,游径园多夺目花。

题李谷一从艺 50 周年演唱会

乡恋绒花出艳葩,春风细雨逐烟纱。
高山流水知音觅,一路芬芳满碧涯。

感念

春水横波绕碧山,庐州明月映乡关。
年高不晓心迟暮,犹自陶然天地间。

感赋（二首）

行遍天涯何思愁，忍将心愿付东流。
白头无限凭栏意，犹梦登临鹳雀楼。

光阴易逝学难成，岁月如梭不可轻。
池上芙蓉新抱蕊，梧桐庭院已秋声。

感兴

闲斋赋笔吟新句，窗外林莺啭脆音。
溪雨云归芳梦散，天涯万里故人心。

感赋

人生终是感知音，羡学渊明俊逸吟。
采菊见山闻鸟近，田桑沐雨恋春深。

在父亲郭体祥诞辰100周年座谈会上,家庭成员和父亲生前工作人员合影留念。

感咏

小雨菲微湿翠柯,犹思秋月映渠荷。
冬寒勿念伤离意,屈指春来日不多。

访六祖家乡广东新兴感吟

诸友新州拜惠能,焚香点亮佛前灯。
菩提自性禅心净,春染宝林怀圣僧。

注:六祖惠能(638—713),佛教禅宗祖师,与老子、孔子并称"东方三大圣人"。新州:今新兴县。宝林:六祖梦语:"身在宝林心在家。"

陈永昌 摄影

咏马

东风陌上看驰马,千里奔腾一望尘。

伯乐见之当力赞,雄姿赤骥又逢春。

注:《穆天子传》:"天子之骏:赤骥、盗骊、白义、逾轮、山子、渠黄、华骝、绿耳。"即后世所谓之天马。

原上

春游原上访仙乡,绿草深深见小羊。

只把干粮充两膳,何能举目不轻尝。

赋东江放生（二首）

鹏城晨起倚天秋，空碧海山心更悠。
万象清风飞细雨，放生慈念逐波流。

闲斋老朽多情逸，何惜柴门访客疏。
唯叹光阴如箭急，枕边常读旧时书。

禅诗：愿天下有情人终成眷属

多情宜向普陀行，越岭攀山暂别城。
佛祖有心成尔意，观音不负仰仙卿。

注：余在大学即将毕业时，热衷于为同学好友介绍对象，大家戏称余为婚姻介绍所郭所长。余为同学作月下老人不取分文，有时还要贴电影票和小吃钱，亦免不了被男女双方指责，现想起来十分有趣，其中姻缘成功者已当了爷爷奶奶，积善积德矣。当今靠介绍而成婚者已大致成了旧皇历，当可求佛祖多加照拂。有心者可以诚意行之。见笑！

纪念父亲郭体祥同志诞辰100周年座谈会，我们家庭兄妹四人，与前来出席会议的安徽省有关老领导合影留念。

古井

春云开气大河清，古井无波别有情。
客路谯城思孟德，仙乡梦醉酒扬名。

注：东汉建安元年，即公元196年，曹操将家乡亳州产"九酝春酒"进献给汉献帝刘协，并上表说明九酝春酒的制法。大河：指涡河，淮河支流。仙乡：欧阳修知亳州时，自称"仙翁"，称亳州为"仙乡"，并写下"终老仙乡作醉仙"的诗句。

遣兴

凡心缱绻一年年,舟载夕阳诗几千。
清夜枕紫蝴蝶梦,祥云五色水连天。

再赞古井贡酒(三首)

甘美香纯富贵仙,英雄煮酒忆当年。
举杯但喜花前醉,九酝曹公有咏篇。

古井名声响彻天,酒家欢喜乐华年。
我欣觞咏邀明月,仙子依稀舞眼前。

欣访谯城闻帝迹,春风燕子柳宫墙。
地灵境胜人怀望,古井无波出酒香。

注:亳州,别名谯城,三国时为曹魏陪都也。

咏古井酒·中国强

绿蚁清泉誉万方,建安风骨酒诗扬。
千年九酝仙乡醉,酬酢樽罍中国强。

注:古井贡酒,浓香型白酒,中国八大名酒之一,有"酒中牡丹"之称,产自安徽省亳州市。古井贡酒拥有悠久的历史,其渊源始于公元196年曹操将家乡亳州产的"九酝春酒"和酿造方法晋献给汉献帝刘协。以"色清如水晶、香纯似幽兰、入口甘美醇和、回味经久不息"的独特风格,赢得海内外一致赞誉。古井贡酒先后四次蝉联全国评酒会金奖,荣获国家名酒称号。其中以《古井原浆中国强》酒更为甘美。

夜感吟

弯月如弓照玉关,楼台寂寂夜生闲。
大观宇宙空无际,万里长城望峻山。

上世纪七十年代初,兄妹四人在芜湖与父母合影照片

偶思

流年人事自消磨,世上烟云过眼多。
逐利争名吾老矣,雪泥鸿爪感东坡。

感兴

我思秋晚最温馨,秀色清风拂翠亭。
落雁平沙诗咏志,潇潇雨点楚山青。

感 吟

芙蓉池外柳风频,倩影红蕖一色新。
陌上牧歌千幅画,诗怀王冕避秦人。

遣 兴

海山一瞥意超然,荷柳枫红染水天。
踏径游人心所乐,长风十里醉秋烟。

湾海(二首)

鹭飞灵气碧山头,红树霜花一色秋。
诗念西窗夕阳处,凉风有信不思愁。

寻花独步海山滨,回首故园萦梦频。
荏苒时光似流水,如棋世事局常新。

>>> 郭苏球 摄影

桃花岛吟(二首)

岛上人家万树花,芳林含笑驻年华。
春融寻得桃源醉,红雨飞英戏晚鸦。

鹭飞海碧掠波频,岸树枝花一色春。
极目远山新气象,清风着意拂游人。

归梦

幽草天涯染夕阳,苍穹碧水远山长。
海棠枝上看春色,年节盼归思故乡。

书怀

故园西望海漫漫,一度逢春岁欲阑。
恰有清风添雅意,诗肠酒骨已忘寒。

深圳雾(二首)

凭栏望海雾云间,林树氤氲栖鸟还。
赋得风光无觅处,难消惆怅欲登山。

海天如染雾朦胧,始觉楼台缥缈中。
寄意疏窗空寂寞,轻雷隐隐柳池风。

感咏

天涯海角总关情,流水飞红夜有声。
思发乡愁无尽处,疏窗望月到晨明。

闲咏(二首)

鹏城山海水连天,花树莺啼草似烟。
犹胜倚阑闲望远,一桥飞架彩云边。

窗前海景恋云烟,枕上诗篇读困眠。
万物从容皆自得,囊中不惜买书钱。

杂诗

鹏城踯躅度春秋,少有酒钱藏柜头。
屈指今年冬已近,闲吟菊酿晚悠悠。

注:菊酿:菊花酒。

春吟

春风送我水云间,且乐身心两未闲。
万木欣然知暮雨,一声鸟语响空山。

湾海夕照

烟波漂兀鹤飞还,湾海长云览众山。
夕日已生疏雨后,氤氲紫气透林间。

深圳湾晚景

海月藏云雾锁天,华灯点缀晚花妍。
凭栏一目遥山外,惊梦潮波万里船。

趣题

细雨沾衣柳陌长,清风广野送微凉。
撩人春色藏园内,红杏枝头未出墙。

古意(二首)

万里长江万里晴,千帆美满好风轻。
西楼更伴东流水,箫管琴声和凤鸣。

小楼昨夜秋风起,清月出山光入扉。
窗外梧桐须有梦,凤凰台上谪仙归。
注:有诗曰:"栽下梧桐树,引得凤凰来。"

《登鹳雀楼》感吟

峰峦如聚波涛怒,俯瞰黄河奔海流。
犹自凭栏凝远目,斜阳一半染层楼。

郭苏淮 摄影 >>>

太白楼

凭江庭寂望星眸,翠幕银灯夜泊舟。

微雨沾衣风拂面,乡园梦绕谪仙楼。

注:马鞍山采石矶建有太白楼。

感旧

一年一度光阴逝,二十五年人事非。

烟雨楼台求别景,故园千里梦依稀。

注:余因工作岗位调动,1993年6月举家从合肥迁深圳,至今已25年。光阴似箭,往事随风。

感韵

云山雾海两茫茫,德善清和是妙方。
福业随缘视忧喜,平生安分度时光。

偶感(二首)

紫陌烟尘忘死生,梦萦天下总难平。
海潮晴照关山远,阅尽人间未了情。

平安大厦与云齐,望海亭观翠鸟栖。
正是鹏城好风日,朋来乘兴醉如泥。

望海

日落潮平未有风,夕光山色与君同。
楼观沧海归林鸟,何似乡园在望中。

忆游

千峰浮月映波香,阳朔归舟一水长。
鱼跃平沙惊岸鸟,漓江秀丽醉流觞。

晨游泾县桃花潭

竹叶青青柳叶黄,空蒙山色沐曦阳。
登楼凝目凭栏望,啼鸟数声花树香。

注:李白有"桃花潭水深千尺"的千古名句。

读李白赠汪伦诗感吟(二首)

谪仙李白名天下,漫漫千年雅句存。
须信人生情意重,心中岂忘报朋恩。

汪伦送别尽人知,李白云游川境时。
十里桃花万家店,情如潭水谪仙诗。

注:川境:泾县有泾川。李白诗:"泾川三百里,若耶羞见之。"

春吟(二首)

凭栏眺望青山远,变幻风云物象新。
人世沧桑如四季,亲情常驻一年春。

今晨早起迎佳节,欣喜一阳天际生。
休把心情关屋里,凭栏远目览鹏城。

鸡年咏吴玉柱画

雄鸡一唱更倾杯,华夏人民好运来。
钟鼓笙歌天欲晓,河山万里盛花开。

庐州雪

云满长空叶洒庭,寒风扑面落梅馨。
故园飘雪真堪羡,六出飞花舞似星。

注:雪乃六角,故称六出。

>>> 陈辉 摄影

冬雪

纷纷瑞雪映千家,旷野茫茫玉树花。
春近心魂萦北国,欣观六出洒梅牙。

吟雪

晨吟喜雪梨花漫,玉树参差万里寒。
有酒醉君还唱和,妍姿皎洁舞林峦。

大雪感吟

朔雪迷空漫镜台,凌寒梅蕊艳姿开。
爱吟柳絮因风起,更待春光燕子来。

小雪

小雪花枝倾倩影,冬光沐浴润佳年。
东风长忆等闲度,尽付诗心吟杜鹃。

夹竹桃

名花逾岭鸟轻啼,似竹非桃远复迷。
云鬓清光芳自赏,一川闲立夕阳低。

<<< 姚敬美 摄影

杜鹃吟

蜀山入翠锁峰烟,三月庐州见杜鹃。
小院平添花袅袅,更闻莺语羡春天。
注:今年合肥寒春,小园杜鹃花仍然盛开,一片生机。

簕杜鹃

杜鹃烂漫发春晖,惊艳花繁不欲归。
纵使寒风长夜雨,飞红香气亦侵衣。

吟大妹郭苏萍夜游合肥蜀峰湾公园

柳映湖光灯火静,欣看桥岛曲相通。
游春得夜行幽路,心悦身轻欲倚风。

漫兴

飞红细雨有楼台,蝴蝶羞颜粉翅开。
三月春风花满树,万枝丹彩故人来。

感吟

山色波光映夕晖,栖巢白鹭入林飞。
断肠人在凭栏处,又见霞云带梦归。

踏春

柳色新如染水边,扁舟云带夕阳天。
独游十里无归意,一路春山访杜鹃。

春兴

碧海银沙春气融,翩翩白鹭舞晴空。
苍穹云尽遥千里,烟际远舟三月风。

春草

草色衔春愈有情,碧丝空袅不思名。
故园莫问花开早,陌上且欣芽叶生。

清明

杜鹃花发叶枝菁,柳色波光翠满城。
含雨岭云思梦里,人间新岁又清明。

有感于北方清明飞雪

北国清明六出飞,长歌当哭梦君归。
依依松柏思先烈,犹咏将军怀采薇。

题杏花春雨图

杏花春水仙源里,归棹山阴远屋横。
湖上弯桥村女渡,风光犹望雨初晴。

题郭中亮所摄雪山照

羌笛远闻云外间,问君游胜几时还。
风光肯与才郎览,一碧蓝天映雪山。

春信

灵动徽州梦是闲,新安江碧棹舟还。
遥思吴楚桃源境,家在皖南山水间。

题老同学吴云冠江南水乡画

彩箋云窗暗雨帘,波光月色两相兼。
扁舟一棹人归处,梅笛烟中淑景恬。

春兴

道是春归人未痴,但闻桃树发花时。
黄莺飞上枝头语,似劝游人咏妙词。

元旦感吟

年华冉冉已冬深,青鸟瑶池啭好音。
楼外海山成挚友,一窗晨日照初心。

年初八友聚逢春雨

小楼迎客柳云长,春色初来逐暮光。
灯火空明催夜酒,邀朋雅聚雨生香。

鹏城春情

欲著春衫称少年,犹欣雅曲韵朱弦。
风飘玉笛云中起,目染花灯夜色鲜。

感吟(二首)

良宵淡泊度生辰,与友称觞岁又新。
竹屋斜晖融万象,乡园遥寄一枝春。

胜日遥闻鼍鼓响,凭栏远眺数重山。
清风和气在眉宇,一片玉壶心腑间。

马垣勋 摄影

春情

烟林曲径晓风清,丝雨飞花碧水平。
只有莲山春不尽,近观蛱蝶远闻莺。

春兴

小楼高咏海山东,万里苍穹一望空。
日出红林飞鸟近,梅香一缕醉春风。

趣吟

仙宇瑶池青鸟来,春思花发为君开。
遍园林景风摇翠,不觉飞红到碧苔。

龙抬头

二月鹏城初二日,苍龙祈雨盼抬头。
东风日暖宜农事,芳草天涯远更悠。

腊日感吟

好日风清拂海涯,随波逐浪鸟飞花。
疏枝腊月迎春早,寒水舟归赏晚霞。

冬至（四首）

新雨晚来红萼催，今年芳信早含梅。
风中一笛湖边柳，云外关山发迅雷。

至日一杯新岁酒，大冬两句故人诗。
湖光山影思春柳，正是扁舟荡桨时。

年年至日呈新瑞，苍岭云崖欲放梅。
踏径池边迎腊柳，探春佳酒掌中杯。

年年至日祥光满，淑气阳升蕴好诗。
何苦踏青觅春迹，梅花早发岭头枝。

鹏城冬景似春

红林山海日西斜，草色青青绿碧涯。
游客焉知冬正盛，小园尽赏杜鹃花。

冬吟

曦光染鹤日如金,照海潮波色正深。
极目云天千里外,长吟不改少年心。

深圳湾览景

天朗清光入翠微,一年芳信早冬归。
此时景象如春日,海阔云高望鹭飞。

夜醉

竹影松声别柳枝,酒阑筵尽早冬时。
临池夜笔知身醉,愁绪偏长少赋词。

友宴

半雨楼台冬夜阑,相逢一笑酒杯干。
陶公菊赋诗心远,难得朋来尽意欢。

下沙村与友欢叙

浊酒重斟友一杯,沙村门店夜深开。
小楼新月清辉发,花树轻摇弄影来。

思乡友

吾辈钟情友自长,交知垂老更难忘。
楚山叠嶂愁心远,梦里犹含泪几行。

迎新春

旭日风清霁海涯,来云逐浪鸟飞花。
又逢腊月新春近,一片朝光绚彩霞。

冬花

孤芳幽立雨山前,枝叶亭亭媚晓烟。
冷蕊虽无暖花艳,寒风独沐亦娇妍。

冬月吟

寒雨菲菲落树柯,犹思秋日映池荷。
深冬勿念伤情意,弹指春来时不多。

注:近日深圳骤冷,方有逢深冬之感。

晨吟

湾海潮波逐岸回,庭花著雨蕊方开。
雾中鸥鹭飞难辨,但见天寒一夜来。

漫兴

山昏落日染花丛,览景归来薄雾中。
老眼不知身在画,一帘冬色蕴春红。

烟树苍苍风袅袅,亭桥曲水岸邊花。
问云何处冬光好,远目湖山夕日斜。

冬兴

昨夜西风柳外凉,枝头鸟影染轻霜。
冬光妩媚鹏城见,景似春华陌草香。

<<< 马垣勋 摄影

冬吟

晨起览书依枕时,烟云帘外雨如丝。
结庐谁在空山里,堪咏王维似画诗。

六出飞花逐冷风,烟云渺渺暮山空。
芳华谩有伤冬意,雪里梅开一树红。

鹏城冬景

烟笼湾海雾笼纱,霞映波光动日华。
细雨夜来清几许,杜鹃又放两三花。

晨咏

窗前山海真如画,又见红林发翠枝。
晨日心同孤鹭静,风光入眼觅新诗。

飞鹭(二首)

扁舟海上带霞归,暮色潇潇入翠微。
着意寻芳佳景处,双双白鹭掠云飞。

飞鹭栖枝海上林,春来芳迹竟谁寻。
南山忽忆云深处,一棹扁舟碧月心。

郭苏淮 摄影

闻鸟

婆娑海树锁烟堤,风满帆前路不迷。
夕雨春山新碧色,落花片片鸟争啼。

遣怀

归雁高飞亦守群,松风绿水自氤氲。
胜游思有乡园处,陌上人家一片云。

郭苏淮 摄影

海湾傍晚

海化虹桥桥似练,云蒸海日日生辉。
夕阳素幕红林染,鹤引诗情款款飞。

漫兴

霜风高洁海山通,庭树枝疏雪舞空。
数点梅花横玉笛,悠然闲咏醉诗中。

冬兴（四首）

十里红林烟雨蒙，云波山色海隅东。
蓬瀛始信飞琼阁，千种幽情一望中。

红树晨昏浥露垂，小寒犹未透花枝。
清风湖碧鱼千里，冬鸟啼桠欲语迟。

南国风光觅翠林，茫茫天海起烟浔。
云山夕照开清旭，一抹霞光映我心。

细雨轻笼小径中，烟林缈缈杜鹃红。
松心步出云山远，巧觅竹慈吟晚风。

注：深圳的簕杜鹃冬天亦开花。

吟怀

满眼山川咏雅章，雨余凉意袭书堂。
吟思柳絮因风起，梦里江南识谢娘。

蓬莱感咏

阁上一声闻玉箫,海波如镜雾如潮。
行舟缥缈禅心远,踏过蓬莱第几桥。

菊吟

满目花滔满目金,红黄橙绿百诗吟。
漫思秋韵歌萦梦,不及东篱入我心。

注:东篱亦是"菊花"的喻称。

咏菊

静雅无声倩影间,夕吟芳菊我之闲。
陶公豪逸南山咏,初透冬寒凝盛颜。

>>> 马垣勋 摄影

咏新菊

奇丛清影翠枝苍,一夜轻霜润嫩黄。
最爱东坡菊花误,缘知落瓣逸庭香。

丁香

柔花素艳晚芳浓,几度春风踏月逢。
陌上丁香千万结,莺啼芳蕊共云峰。

漫兴

酒添风味醉花枝,细雨轻飘润柳丝。
席上吟歌思太白,菊黄正是蟹肥时。

秋菊

丛菊渐黄秋色好,轻寒细雨可人天。
诗心际会闲随鹭,瀚海阑干思悄然。

秋兴(二首)

陌上风清半夕阳,游观野径草幽长。
思吟红叶三秋韵,孔雀屏前尽染芳。

落叶无心却有情,穿林沾露觉寒生。
一樽浊酒红枫下,花隐欣闻细雨声。

梦境

昨夜萦迷庄子梦,今晨着意咏新诗。
蝶飞何畏春将暮,夏韵须知不胜奇。

漫兴(集句)

长河渐落晓星沉,笛里谁知壮士心。
不畏浮云遮望眼,周情孔思正追寻。

夜赋

相思楚地夜同倾,秉烛凭栏共月明。
草色岚光深院里,景暄林气有啼莺。

无题

黄昏人谓即天涯,远目云峰染墨华。
百念浮生如一梦,冬光还恋度林鸦。

深圳夜

灯火高楼梦识踪,夏光银烛午声钟。
幽窗芭雨情思远,书墨催成一曲浓。

咏蝶

园内竹桃红似火,翩翩蝴蝶恋花飞。
梦中蝴蝶时难见,撷取幽兰待蝶归。

乔德胜 摄影

梦吟

梦向天涯明月游，无边春色染枝头。
萦眸蜡烛将明夜，须教诗心赋海楼。

感赋

一山枫叶自芳菲，海上扁舟落日晖。
行遍天涯人渐老，诗心化作彩云飞。

遣怀

陌上寻芳千岭秀,江边柳色正逢春。
梅花有信怜诗客,自守孤贞独照人。

立春

庭际雪消轻浥尘,芳心玉润自清人。
春风真有剪刀意,湖柳参差枝叶新。

初春(二首)

陌头春色惊花艳,山海潮波一棹轻。
曲径幽丛枝袅袅,清风细雨入诗情。

郊外雅园西复东,浅寒幽步趣途同。
胜游芳径云笺内,畅目池花翠柳中。

肖涵 书法

望春

福田西望彩云间,湾海烟波十里山。
佳节登高凝目处,东风柳色发春颜。

新晴

细雨缘思花事尽,风光节物总关情。
幸逢云霁长空阔,柳外楼高看早晴。

早行（二首）

侵衣丝雨晓寒轻，朝雾凝天盼宇明。
幽径只知闲信步，山花红紫鸟空鸣。

明霞雨霁浥烟尘，最是芳园满目春。
昨夜杜鹃轻拂露，花浮香气扑游人。

晨吟（二首）

春来细雨润花红，时有微凉翠柳风。
客子流年回首处，江南一梦泛舟中。

芭蕉弄影承朝露，观鹤凌空沐惠风。
客子光阴无别意，疏林爱踏月明中。

晨兴

海山迢递白云间,烟雨沐舟春意闲。
但见流莺惊柳色,清晨紫气复来还。

感咏

鬓白心闲行乐事,简衣淡饭亦怡身。
清虚淡泊休官好,灿灿星空独照人。

春兴

诗咏边城万顷春,海边闲步不辞频。
夕阳芳草真知己,偏爱骚翁好逐新。

岭南春

云山曦日满帘栊,一片沧波漾艳红。
驰意湖光潋春色,海棠花放赖东风。

感吟

北国花惊飘玉雪,江南柳雨浥芳尘。
风光景异关山远,静掩疏窗忆故人。

春吟

海气蒙蒙一棹浮,远山清雨翠泉流。
谪仙仿佛催诗急,览景风光更上楼。

春韵

回首当年北国行,天河雪岸路难成。
如今身是岭南客,远目春山深有情。

注:松花江别称天河。

友至

惟我与朋同故乡,山高水远友情长。
君心独喜人知意,春月花浓浊酒香。

杂吟

晨昏柳色小园东,夕日浮云海上风。
飞鹤一鸣碧空尽,渐浓春气润花中。

姚敬美 摄影 <<<

家风——父亲郭体祥诞辰 100 周年感咏

父训至今犹在耳,惟贤惟德继家风。
儿孙心守传清白,报国勤民立世功。

赠花

细雨清明近返家,归来园上见樱花。
芳葩映照阶前月,不忍飞红落晚沙。

注:合肥朋友蒋伟的园子樱花盛开,春意盎然。

莲花

倩影池光若有情,芙蓉出水比轻盈。
晓风十里君须望,红萼枝头照日晶。

睡莲

夏风轻拂碧莲荷,湖上亭亭丽朵多。
倩影涟漪岂思睡,芳心犹眷恋清波。

梦里人

风拂夏花花落身,江南丝雨沐芳晨。
应怜好梦归乡去,犹羡今宵梦里人。

蒋伟 摄影

漫兴

雨洒林间近小溪,烟尘芳草路东西。
高楼远目黄昏里,飞鸟云山翠影啼。

立夏

首夏新临云海秀,嘤嘤友聚雨初停。
芳辰欲和春弦远,又踏层峰望眼青。

夏景

彩蝶飞花小径西,池边云压野芦低。
风摇碧树千重浪,一片斜阳白鹭栖。

夏游(二首)

海畔幽芳晚自开,长桥轻雾掩楼台。
何时觅得花千树,向夕清风拂面来。

山海茫茫掩夕辉,恋巢莺鸟傍林飞。
遐思闲立云亭处,遥望渔舟唱晚归。

望海

登高遥望彩云间,碧海悠悠群鹤还。
万里长空风乍起,曦阳春色染江山。

感咏（二首）

云山已在渺茫中，楼上重檐日又东。
还酹一樽诗赋志，琴心何处韵春风。

几番风雨江湖上，暖日枝寒鸟复惊。
怅望云涯烟陌处，飞红点点自空明。

遣兴

幽人览胜自多情，况是荷池月正明。
长夜迢迢少眠意，金波船漾影随行。

注：有诗曰：明月映金波；金波涌出芙蓉。

夏午行

绿树阴浓小路长，炫花楼阁正当阳。
蝉声吟得清风起，欣意雨来微透凉。

闲游

清晨芳草路东西,海际轻烟到此迷。
枝鸟似多迎客意,花阴深树尽情啼。

偶感

谩说夏来春已去,但闻流水落红时。
黄莺飞上花间语,似劝游人咏雅词。

遣兴(二首)

小桥轻雾倚微风,拂晓欣然出郭东。
朝日穿林山色远,杜鹃花发映枝红。

松山晓日映波红,海曙云霞一望中。
我寄幽情千万里,怀吟笛赋倚晴空。

晨游（三首）

踏步红林六月天，枝头蝉噪径花妍。
桥南桥北曦阳里，海韵风前蝶舞翩。

海山一瞥隐云巅，荷柳枫红染水天。
踏径游人心所乐，长风十里醉秋烟。

晨游长啸海山东，仰首苍穹一望空。
日出疏林惊宿鸟，飞霞一缕醉清风。

夏情（二首）

楼外轻雷兼细雨，疏桐清露润新蝉。
荷花开后洪湖好，诗侣相携韵石泉。

山海未离诗韵外，红林时度鸟声中。
何堪苦热思凉雨，安得荷池沐晚风。

瞻仰新四军四支队对日作战指挥中心感吟

群山万壑赴舒城,瞻仰先驱风日清。
忠爱韦家扬正气,毁家纾难大开明。

夏吟(二首)

览景寻幽未应闲,斜阳远眺数重山。
忽闻草际蛩声起,踯躅红林暮海间。

黄鹂鸣树报芳辰,玉笛声中翠柳新。
荷叶池塘花独秀,一帘山水醉游人。

秋雨

佳人锦瑟频惊梦,润物犹闻五十弦。
川气空濛吟秀句,山光染黛远如烟。

重阳感怀

九月重阳望碧空,三秋桂子郁清风。
半帘花影乡思远,湾海鹏城一老翁。

荷香

雾轻云薄月朦胧,鸟雀争栖老树桐。
夜半归人浑不觉,满池荷蕊送熏风。

晚霞

风高海阔宇天清,岸草如烟夏气生。
细腻景光无际处,遥岑远目晚霞明。

仲夏漫兴

朝日湖堤夏柳长,青荷似盖映池塘。
南山珍果枝枝结,红荔尝新满手香。

渔舟唱晚

山海茫茫掩夕辉,恋巢栖鸟傍林飞。
闲吟遥见云波处,星斗阑干一棹归。

忆子同

白鹭飞飞点柳塘,斜晖脉脉草幽香。
桃花流水渔樵乐,长忆子同空断肠。

注:张志和,号子同,先为官,唐肃宗时隐居,泛五湖,渔樵为乐。写出"桃花流水鳜鱼肥"千古名句,后醉酒落水死,一夕空肠断。

夕景

空林疏雨连芳草,飞鸟翩翩独舞风。
极目远山霞似绮,夕阳云透海波红。

观海

夕日沉西水向东,扁舟海上彩云红。
游闻古木栖幽鸟,自爱空山烟霭中。

郭苏球 摄影

感吟

独棹扁舟一望中,清波远影泛云风。
天涯山海茫茫路,静水流深墨浪雄。

注:诗曰:"青史留名墨浪雄。"

心境

闲看花影连修竹,柴作疏篱编草屋。
采菊潜公度晚年,智泉能逾宽心福。

注:潜公,即陶渊明,字元亮,晚年更名为潜。

吟陶潜

久在南山醉一方,闲居荡志少忧伤。
访寻五柳知归处,采菊东篱似本乡。

注:五柳:陶潜自号五柳先生。

新岁遣怀

宽心一倍总离忧,明月入窗窥画楼。
新岁天涯瞻望远,诗云长向故园流。

漫兴

繁花似雪拂人头,夏柳从风翠水流。
雨落鹏城诗意远,含嚬索句乃知愁。

>>> 冷凤琳 摄影

晨吟

晨光懒卧曦阳里，倚枕看书雅意多。
窗外园中闻鸟语，芭蕉竹影亦婆娑。

感吟

凭栏萦绪远悠悠，检点平生羡子猷。
观竹思明讽啸久，如心直节不曾休。

注：子猷，即王徽之，是大书法家王羲之之第五子。出生名门，生性爱竹，为人潇洒，颇具魏晋文人率性而为的作风。讽啸：犹啸咏。

初三感吟

丁酉新年笑语中,千门万户悦花红。
鸡鸣山树惊晨晓,今岁欢欣年味丰。

望春

春归二月悦思中,陌上芳枝艳艳红。
我爱花飞迷望眼,浅香片片醉东风。

咏海南黄花梨

斜入芳枝翠木长,似花梨叶晚阴凉。
当时明月双波影,梦绕檀君得意堂。

注:黄花梨学名"降香檀木",人誉"木中君子"。

>>> 姚敬美 摄影

砀山黄桃熟

池边数柳蝉鸣悦,园里黄桃满树鲜。
四溢芳香知味美,故乡仙果养天年。

梧桐人家

梧桐溪水近村家,地与人文向物华。
随处艺园吟幽兴,桃源仙境梦飞花。

注:梧桐山艺术小镇有几百位全国各地来的书画家,在这里居住、创作。

秋兴

秋浓时节足繁华,人独凭栏善识花。
夜晚闲闻雨声卧,晓看枫色罩山家。

晨兴

晨林鹭影久徘徊,海上清风远拂来。
梦醒凭栏无限意,云山隐见半亭台。

钓鱼乐

遥山野水雾蒙村,垂钓滩前一老尊。
自是钩头香饵下,鱼儿不理亦销魂。

蔷薇

疏林烟陌晓寒轻,露染蔷薇透叶明。
流水小桥云淡处,犹闻枝鸟隔花鸣。

漫兴

小鸟飞栖枝上闹,水中山影独崔嵬。
枫林树下秋波染,疑是天宫仙境来。

合肥长丰陶楼记游

龙门寺址柳风来,万紫千红花盛开。
赴约桃源水乡里,恰如天宇上瑶台。
注:长丰有万亩桃园和龙门寺大水库,风景秀丽。

谷雨

绿满微风柳岸新,清和细雨赏花人。
采茶山碧云栖处,杜宇啼枝又一春。

感吟

群雁归来冬影寒,难追梦境对林峦。
关山飞渡思高咏,独语湖天岁欲阑。
注:合肥长丰水库初冬有雁飞来。

感怀

群雁初来秋影寒,难追梦境酒杯干。
相逢故友留言别,谁倚长风岁欲阑。

吟陶楼

三月桃花连十里,飞红丹彩染陶楼。
子杨佐世精思出,万树芳田一望收。

注:子杨,刘晔字子杨,淮南成德陶楼人,三国时曹操重臣。上世纪50年代后期,毛泽东曾先后向干部推荐读《三国志》四篇传记,即《张鲁传》《吕蒙传》《郭嘉传》《刘晔传》。毛泽东熟读《刘晔传》以及裴松之的注,并作如下批示:"此传可一阅。放长线钓大鱼,出自刘晔。"刘晔的足智多谋和善于应变给毛泽东留下深刻的印象,得到了毛泽东的高度赞扬。1966年3月,毛泽东在杭州的一次小型会议上谈论曹操缺点的同时,也赞扬了刘晔。陶楼地处合肥长丰,有龙门寺水库、陶老坝水库和万亩桃园,风光秀丽,景色宜人。

邀月饮

酒入愁肠醉亦狂,举杯邀月月生香。

云心不碍青霄路,而我临觞念故乡。

注:青霄路,通往青天的道路。喻高位或谋求高位的通途。唐王湾《丽正殿赐宴同勒天前烟年四韵应制》:"院逼青霄路,厨和紫禁烟。"元张国宾《罗李郎》第一折:"赴皇都,凭才艺,仗诗书,同射策,觐銮舆,登御宴,饮芳醑,衣紫绶,带金鱼……则愿你早上青霄路。"

秋月思

素空新霁宇星清,夜色澄鲜桂影明。
又是一年秋月夜,独含南客思乡情。

秋月吟

月影芳波弄晚晴,林间童稚戏啼莺。
与君把酒千钟醉,佳句蓦然萦梦生。

秋兴

金波明月一轮秋,影入广寒清夜幽。
身在岭南同为客,开襟骋目望神州。

郭苏淮 摄影

夕吟

极目烟光夕照开,清风历历海山来。
鸟声渐远游人散,红树林深隐阁台。

夜咏

苍茫云海已成空,枕上诗思子夜中。
但咏梧桐对秋月,疏窗袅袅入清风。

友会

柳阴弄碧翠云长,秋色东湖逐暮光。
灯火阑珊催夜酒,朋来雅聚月生香。

漫兴

花魂柳梦已三更,夜寂林深不啭莺。
枕上轻寒窗外雨,拥衾闲咏韵诗成。

秋夜吟

海上秋风似有情,时闻潮水拍堤声。
浮云星斗流空碧,今夜城头望月明。

秋夜纪怀

秋日凉风轻拂面,沙村灯火正通明。
邀朋霜夜欣然聚,美酒三杯笑语生。

注:下沙,寒舍小区旁的村庄。

枝鸟

江南地暖北疆寒,酝酿诗情别一般。
最爱高枝鸣好鸟,青天为幕举头看。

秋晚

菊蕊花承晚月光,村楼把酒裛风香。
人间不觉秋声杳,霜露庭前草色凉。

感吟

秋花飞叶雨初晴,惆怅寒霜冷月行。
借问天涯名利客,何随我愿学长生。

中秋吟

满眼风光烂不收,枫林一雨已成秋。
天生会有丹青手,何日长吟夜月楼。

山家秋望

山色苍凉暮雨痕,农家小院掩柴门。
客乡不隔天涯远,闲觑天虹向夕昏。

郭苏淮 摄影 >>>

感念

小楼往事渺留痕,白首心馨梦一温。
春月清风闲坐立,痴看孙乐欲销魂。

晚兴

暮雨临风陌草边,荷池闲拂柳芊芊。
秋蝉疏引鸣幽韵,不负殷勤访杜鹃。

晚秋之深圳湾

香江湾海远山秋，碧水澄鲜映小楼。
一鹭飞来供游咏，白云红树尽悠悠。

感吟（二首）

少年自负今迟暮，老眼无花空望枝。
一梦红楼何可解，思量往事叹多时。

人生云水平常过，洗尽铅华曲径通。
朝夕韶光催鬓白，清心恬静始其中。

感念

小楼今夜浅愁牵，花影疏窗萦故水。
枕上片时惊梦中，似传诗赋三千里。

遣兴

柳色河桥野草边,扁舟碧水暖阳天。
年关将至归心早,梦里乡园有杜鹃。

夜吟

灯花一朵映笼纱,微雨思春润物华。
夜读依依明大道,广延诗赋韵天涯。

冬日紫荆

紫荆葩绽冬阳里,心韵悠悠访客来。
诗友庭前栽一树,花知冷艳为君开。

郭苏淮 摄影

初冬吟

香江迢递夕阳间,两岸飞桥车往还。
更喜长堤千万树,凭阑欣慰老来闲。

注:家住深圳湾,楼上凭栏可远望港岛、跨海大桥和海边成片的红树林。

海吟

云晴海上青山出,天际霞光白鹭飞。
昨夜星空多碧朗,心从化蝶梦中归。

注:李白有"海上见青山"的诗句。

漫吟

湾海红林雨后凉,凭阑莫负好时光。
诗心总在云山外,凝望高楼近瑞阳。

雁荡山

天台风冷月中霜,老树青烟草色黄。
目断星垂凝夜夕,双峰雁荡裹云裳。

清明晚情

清明日夕步林间,庭鸟鸣枝亦不闲。
寒食故乡悲意远,梦思今夜在南山。
注:合肥住家南山院中,群鸟早晚在林间啼鸣。

>>> 姚敬美 摄影

咏木棉（三首）

微笑拈花是木棉，春风红艳叶枝鲜。
满城千树皆烽火，青鸟寻芳时雨连。

守株缱绻不思归，悦尔如霞春霭晖。
吉贝年年红胜火，木棉花发壮心飞。

注：传说中英雄吉贝化为一株木棉树。木棉亦称烽火树、英雄树。

絮报春深咏赤华，红芳抱蕊近烟霞。
紫空火树欣飞鸟，还看琼枝片片花。

木棉与杜鹃

两葩浓艳染晨光,争得三春第一芳。
堪羡英雄花万树,鹏城亦有杜鹃王。

回乡吟

春草青青树色低,回乡欢洽欲魂迷。
鸣音清脆惊晨梦,园鸟枝头自在啼。
注:合肥住家南山院中,群鸟早晚在林间啼鸣。

乡园晨闻鸟鸣

花间春鸟啼呼梦,云淡风轻树色匀。
曦日东方浮紫气,晨光渊咏慰归人。

晨兴

晨曦空寂小亭边,心惜落红听雨眠。
但见芳春如过梦,长悲望帝化啼鹃。

再题园中柿树

春雨芳林叶叶新,枝头浅翠见真淳。
且忧硕果何堪采,鸟啄柿黄空叫晨。

注:合肥住家,柿子树每年均结大柿子。游子身居外地,错过了采摘期。

再咏合肥家院柿子树桂花树

千里归来醉古州,故园淝水倚南楼。
亭亭一树婵娟桂,柿子枝红满目秋。

注:合肥是古庐州(江淮名州)。

忆友聚

庐州故里友逢迎,浅酒昨宵幽梦生。
窗鸟语多惊晓睡,忽闻新雨夏风声。

端午感吟

五月榴花开陌上,池杨细雨啭黄鹂。
汨罗江上千舸竞,屈子巍然海岳低。

漫兴

最爱人间四月天,黄昏沐柳夕阳妍。
桃花争艳开新蕊,燕在梁间引梦圆。

郭苏淮 摄影

深圳欢乐海岸（三首）

滨海春风晚拂浓，波光碧影溢华容。
酒家解得迎宾意，会向花间月下逢。

湾海清波沐晚晴，花萦柳色染湖明。
亲朋雀跃风情乐，远笛悠悠曲逐声。

人潮涌动车如水，云海悠悠倚晚晴。
风起天阑山有色，飞鸥闻得几回声。

春兴

四顾云山暮色开,湖桥引鹤绕花台。
清心柳下春波绿,一片新荷倩影来。

映山红

小栏花韵引春风,独秀仙姿点翠丛。
焕烂芳菲迷草径,楼台雨润映山红。

春趣

斜阳山外暮烟轻,霞影云光万象明。
湾海蒙蒙生紫气,疏林闲步觅归莺。

春兴

诗心春望自多情,雨后楼台盼月明。
日暮沧波归棹晚,陌头芳草影随行。

冬兴

寒风摧树雾萦峰,胸荡层峦且淡容。
吾作小诗闲凑韵,欣然快过一年冬。

梅吟

梅花邀月照池冰,木落山明景气澄。
岸柳梢头春欲染,楼台点点万家灯。

迟武 摄影 >>>

黄山雪（二首）

奇松寒翠冻霄日，凝望天都泻碧波。
梦里依稀千岭雪，雾峰林碧上宾多。

小楼听雨几时还，飞瀑流珠曲水间。
最爱玉屏松上雪，长云雾海涌银山。

注：玉屏，指黄山玉屏楼，有迎客松于此。

春日乘高铁经黄山返乡吟

隐隐湖桥柳醉烟,车驰观景倚窗前。
徽州自古多佳句,谩道青山夕日妍。

深切纪念毛主席诞辰 124 周年（二首）

雄才大略功勋著,烽火燎原立国威。
红日东方萦广宇,导师宏著映朝晖。

南国北疆天地间,神州百姓仰韶山。
光辉思想千秋照,勋业巍然更上攀。

深切纪念周总理诞辰 120 周年感怀

悲歌吟咏大江东,尽瘁为民济世功。
梦里思君千点泪,花开时节忆英雄。

深切纪念周总理诞辰119周年感怀

盖世功勋人共仰,殚精竭虑佐乾坤。
潇潇暮雨思无尽,萦梦海棠千古魂。

喜迎党的十九大感咏

四十二年弹指过,党恩浩荡海天长。
初心不忘神州梦,鬓白还须增国光!

注:本人1975年3月于皖南医学院入党,感恩党的教育和关怀。

喜迎国庆和中秋佳节感怀

神州百姓迎佳节,礼炮声声遍地花。
浩荡东风中国梦,前程似锦共天涯。

王亚平 书

吟新四军四师抗战

烽火八年敌胆寒,金戈铁马战豫皖。
铁血铸就真英豪,江淮河汉红旗卷!

庆祝建党 96 周年感咏

同欢节日赋新诗,一曲心歌颂党旗。
民族振兴强国梦,神州形胜正佳时。

赞铁的新四军画展
在沪中华艺术宫隆重开幕

一曲高歌漾惠风,铁军画卷贯长空。
八年鏖战终高胜,光耀神州遍宇中。

抗战胜利日感怀

仰望星空北斗悬,心潮起伏睡无眠。
三军胜日多威武,华夏金秋霁景鲜。

大型现代粤剧《浴火凤凰》(阳关体)
赞咏叶挺将军夫人李秀文的故事

浴火重生返世间,秀文才德美如山。
伉俪情深何赴难,年年梦念伟人颜。

王亚平 书

赠新四军老战士钱正英阿姨

正气浩然天地间,英姿飒爽巾帼颜。
广施仁政治江海,水利一生情似山。

注:有诗曰:"治江海于仁政,修河运于苍生,理水患于湖泊,筑溉流而拯民生于春秋。"是为原全国政协副主席、水利部部长钱正英阿姨一生的真实写照。

咏新四军老战士陈兰老妈妈

巾帼英雄出大山,随军征战几人还。
妈妈远去光芒在,慈爱长留肺腑间。

新四军成立 80 周年巡回展在深圳开幕

细雨鹏城翠色融,红林远映海山东。
金戈铁马长萦梦,一曲军歌万里风。

新四军军魂吟

将士高歌气吐虹,江淮御寇是英雄。
军魂灿烂旌旗展,铁马金戈染血红。
注:杜牧有"星宿罗胸气吐虹"的诗句。

咏建军 90 周年大阅兵

军旗猎猎耀神州,威武雄师敌胆愁。
统帅阅兵虎贲勇,吴钩将士志当酬。

"八一"感怀

同欢八一宇澄晖,威武雄师振国威。
今日神州花似锦,官兵日夜捍疆围。

清明缅怀八宝山革命公墓英烈感赋(二首)

神州大地正清明,翠柏苍松祭烈英。
永葆初心圆伟梦,巍巍山海表深情。

梨花落后又清明,万里遥思祭烈英。
翠柏苍松高冢肃,心香一瓣寄幽情。

八一建军节咏叶挺将军

铁军北伐威名起,义举南昌如岳峙。
饮马江南征战尘,囚歌一曲功堪纪。

咏朱德元帅

南昌起义功勋著,率领雄军上井冈。
烈火风烟腥雨骤,元戎百战未渠央。

感咏陈毅军长

一诗绝笔吟梅岭,戎马江淮壮士行。
百战妖倭传捷报,楼兰斩得敌寒惊。

注:新四军东进江南敌后卫岗初战告捷,陈毅有"脱手斩得小楼兰"的名句。

咏贺龙元帅

传奇铸就刀三把,八一南昌赤帜扬。
湘鄂游龙成大业,名垂青史颂无疆。

祝贺汕尾市红色文化协会成立
深切缅怀彭湃烈士感吟

当年农运撼长空,旗帜飞扬烽火中。
视死如归真伟烈,神州高咏颂彭公。

感咏

放歌一曲思无尽,祖国恩情似海深。
鹏鸟扶摇翔万里,中华复兴唤初心。

注:放歌,指高唱国歌。

郭苏淮七绝 500 首

沉痛哀悼叶正大将军不幸逝世

噩耗传来惊梦中,将军自有父雄风。
航天事业功勋著,为党为民必竭忠。

注:北伐名将新四军军长叶挺将军的长子、我国航空事业领域专家叶正大将军,于2017年12月14日晚,因病在北京逝世,享年90岁。

步陈昊苏大哥诗原韵悼念陈小鲁先生

居人思客客思家,春月伤悲雨落花。
家国情怀同伟梦,英魂惜别在云涯。

注:开国元帅陈毅之子陈小鲁因急性大面积心肌梗死,在海南三亚301医院抢救无效,于2018年2月28日辞世。

附:陈小鲁长兄陈昊苏先生2018年3月1日悼念诗《悼三弟小鲁》:

游子远行不顾家,春风二月没天涯。
情怀家国谁言老,共仰人间革命花。

赠上海亿嘉国际货运公司（二首）

创新发展出奇葩，四海胸怀咏亿嘉。
万里初心萦旭日，云涛天际竞芳华。

壮志腾飞兴大业，铁军传统映初心。
长征接力同圆梦，烽火情怀似海深。

杜钢建教授在张家界拍摄远古植物化石印记感吟

春日武陵耀九天,湘西考古绘嘉篇。
情凝化石吟嘉树,湖海襟怀纳百川。

注:武陵,指张家界武陵源。"嘉树"是对树木的美称,"嘉"字往往有品行高尚之意,所以"嘉树"不仅指树的样貌美好,更多的是它具有一种令人称道的品质。"嘉树"和所拍摄的植物化石应有相合之处。

眼前琼树岁常新,弹指流年又一春。
思古肯因闻笛赋,纹枰长忆烂柯人。

昭君吟

风沙千里为和亲,羌笛萧萧出塞人。
何恨丹青无秀色,琵琶独抱咏芳尘。

吟惠国胜大哥赠书予李良津、邓小燕伉俪

东风细雨燕轻飞,浩气长存良玉辉。
国胜法书贻远客,浓浓情意共芳菲。
注:法书是指有一定书法艺术成就的作品。

王昭君

汉月如钩照玉尘,明妃西嫁隔生春。
琵琶弹出弦中苦,从此天涯忆远人。
注:隔生春,指春天年复一年过。

深圳湾欢乐海岸晚景

海月藏云水似天,华灯点缀晚花妍。
凭栏极目苍山远,心逐潮波更棹船。
注:杨公远诗曰:"乘兴无人更棹船。"

夜吟

海边昨夜长风起,点点寒星光入扉。
舒卷文笺迟枕梦,瞻依常切故园薇。

夜酒归

晚间微冷似寒流,点点灯光处处楼。
酣酒不知花影动,犹吟一梦到池州。

夏毓林 摄影

合肥八中部分老同学欢聚感吟

庐州城里春光好,三月桃花照眼明。
五十春秋真似箭,筵前杯酒叙深情。

漫兴

香江东与海湾通,缥缈飞桥架半空。
正是一轮明月夜,扁舟逐水紫曦中。

九华吟

天台风冷雾淞霜,竹树青青草色黄。
远眺佛山凝画境,芙蓉九子着云裳。

九华记游

千峰晚照鸟枝啼,友驾轻车过五溪。
我寄禅心与明月,云中直上寺东西。

忆九华

轻车飞逐路东西,为谒九华先五溪。
长羡阳明高咏处,云山禅寺且幽栖。

注:王阳明曾二上九华山,写下几十首诗词和赋。

忆游

天台寺立峻峰间,偕友登临薄暮还。

礼佛神光金地藏,归来长忆九华山。

注:九华山原名九子山,唐代诗人李白曾游此,作诗云:"昔在九江上,遥望九华峰。天河挂绿水,秀出九芙蓉。"借此诗意,此山从此更名为"九华山"。数百年来,凡是来九华山的香客居士,必先到神光岭的肉身宝殿朝拜金地藏。

顺德顺峰山清晖园

塔尖高立云峰上，万象湖波下翠微。
何似中秋洞庭月，心幽还待入清晖。

咏梅

　　这次去芜湖期间，和好友王善德、刘勇一起，拜望了父亲过去在芜湖的老同事赵文波叔叔。赵叔叔是一位抗战老战士，1940年参加革命工作，为党和人民辛勤劳动，做出贡献。赵叔叔曾经担任芜湖市老领导，1987年离休后，甘于平淡生活，潜心于书画，满怀热情自作诗词，泼墨挥毫创作出一幅幅生动精美的书画作品，用优秀的艺术作品引导人们树立正确的历史观、民族观、国家观、文化观，激励人们不忘根本、勤奋工作，激发人们为实现国家富强、民族振兴、人民幸福的"中国梦"而努力奋斗的热情。他现已是95岁寿星老人，仍然精神矍铄，脑聪目明，每天伏案书画创作不辍。他见到我

很高兴地说:"一见到你就想起你父亲,想起和你父亲上世纪70年代一起在芜湖工作的情况。"他多次说:"你爸爸是个好人,为芜湖做了很多事情,你和你父亲长得很像。"他对我父母故去和弟妹们现在合肥的情况问得很详细,十分关心、挂念……赵叔叔最后说:"我昨天晚上画了一幅梅花,今天上午见你来就送给你,好像就是为你画的。"说着就带我去他书房,提笔细心为梅花画题了款。他说就题"梅花香自苦寒来"这一句老诗句吧。是啊,"宝剑锋从磨砺出,梅花香自苦寒来",宝剑的锐利刃锋是从不断的磨砺中得到的,挨过寒冷冬季的梅花更加幽香。要想拥有珍贵品质和好才华,是需要不断地在风雨寒暑中磨炼自己才能达到的。这也是赵文波叔叔本人的真实写照。他现年已近百，每天坚持画作，并还举办了个人画展，我们有什么理由不去多学点东西，做点事情呢？此刻静坐冥思，浮想联翩，因而特敬吟七绝小诗一首，以表达对赵叔叔的敬意和感激之情。

感咏赵文波老人画梅（二首）

似梦相逢泪目开，老人德艺映云台。
江南昨夜清香发，闻道梅花一树来。

疏冷仙姿欢洽人，缤翻梅雪喜争春。
枝头六出孤芳共，笔底心声妙入神。

注：仙姿和孤芳都是梅花别名；六出是雪花别名。

咏蝶

惊风掠影过东墙，迎得花来爱吻香。
烂漫飞红君伴舞，枝头新蕊总先尝。

吟合肥老同学夏毓林摄郁金香

清晨红日弄窗纱,又见林中满地花。
漠漠郁金香沁腑,春心似海赋芳华。

雪梅

冬雨鹏城寒气侵,烟林雾海绿阴深。
昨宵又梦山中雪,一树红梅天地心。

月中梅

江南地暖北疆寒,何事春风有两般。
最爱梅花寻影处,疏枝起向月中看。

寻梅

瑞雪晴川春盼早,暗香昨夜一枝开。
已知莺鸟花中戏,惹得寻梅快意来。

腊雪红梅

爱此飘飘似席同,缤纷化蝶舞长空。
经冬犹有红梅树,飞雪迎春沐晓风。

题老同学夏毓林画梅(二首)

叶暗鸟啼花自知,松风劲骨见冰姿。
梅香疏影无留意,一树春光绿满枝。

冬阳暖照海如杯,薄雾笼山欣又开。
何恨天涯芳信远,一支梅韵报春来。

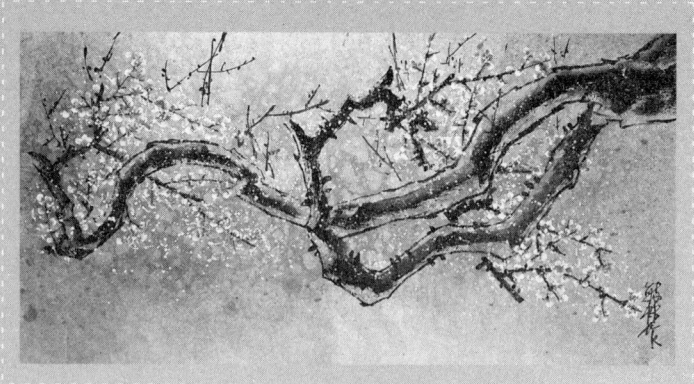

春寒

小园梅蕊发枝端,细雨春风夕色寒。
今夜枕凉难入梦,灯前诗作自吟看。

电影《芳华》上映有感

如梭岁月染芳华,满目沧桑满目花。
南国风烟犹在眼,多情白发逝流沙。

观中央电视台中国诗词大会第二季感吟

诗经楚赋浩如山,宋韵唐风不觉闲。
何恐华章浑断绝,当今李白在人间。

题吴玉柱教授画牡丹图

月中萦梦一丛丹,已觉天香心未阑。
莫道武皇亲赞誉,众芳落粉效颦难。

荷(二首)

恰如西子濯清涟,小鸟寻芳戏叶前。
映日荷花香溢远,芙蓉出水独娇妍。

清风拂柳绿波澜,荷影蹁跹远目看。
谁共莲舟明月下,湖亭吹彻玉笙寒。

陈德荣 摄影

梯田

壮景苍穹吟画卷,宛如仙阁挂云天。
扁舟叶叶漂云海,梦幻风光山水连。

李太白

谪仙傲骨九州横,笔落天涯万里声。
云水青山牵桂魄,一生诗赏谢宣城。

注:宣城就是谢朓,曾任宣城太守,李白的偶像。

题咏新四军老战士92岁老人肖华叔叔牡丹画

心悦丹青芳蕊伴,花颜国色画中看。
老人笔力千钧劲,绿艳天香引蝶欢。

牡丹国色值千金,花发园中翠叶深。
佳作坊间信奇绝,感恩一片老人心。

诗语月中红牡丹,风华绝代叶枝阑。
方知国色无花对,百蕊香姿争艳难。

题国际一级画师李来宝先生牡丹图

如是云天传彩笔,晴岚空翠蕴花红。
忽惊览画馨香得,国色芳华水墨中。

题汪忠玉先生牡丹图

海山新雨润亭台,独遭春风国色开。
青鸟花枝相戏乐,妍姿恰似玉人来。

感怀

暮齿诗歌长作乐,一帘风月有余闲。
松涛竹韵吟心曲,绿水青山同枕眠。

巢湖纪行

濛濛烟树小彤楼,又踏滨湖目远舟。

水鸟波中自喧舞,姥山古塔暮云收。

感吟

扁舟商圣五湖烟,相伴西施不羡仙。

百战功成身隐遁,且将诗酒话桑田。

注:后人称范蠡为商圣。

还乡吟

淝上还乡风雨同,蜀山苍翠雾蒙蒙。

逢君如梦情长短,自爱归心故土中。

注:淝上指合肥;蜀山:合肥大蜀山风景名胜区。合肥是我的故乡。

陈德荣 摄影

怀吟

乡园地远路三千,山望疏林渺似烟。
一枕空怀吟未得,思舟少伯泛湖边。

注:范蠡,字少伯。

霸王别姬

楚歌阵阵夜同倾,帐下于兹别死生。
豪杰英雄离恨泪,萧心剑气透柔情。

小溪

正是江南风景好,林间溪水碧潺潺。
不辞千里归洋海,一路吟歌出大山。

注:涓涓细流,汇成大海。而细流只有在大海里才能永不干涸,奔腾无限!人生何尝不如此?

鹏城秋兴

望眼浮云远莫遮,高楼亭外夕阳斜。
秋风桂露香心客,不雨芭蕉绿叶花。

黄鹂

春雨柳杨风细细,小亭妆影远山低。
黄鹂空语春花灿,相见枝头自在啼。

郭苏球 摄影
图为孙女郭晨曦

贵阳记游

一览贵阳风景美,黔灵山径独行迷。
销魂翠柳萦波影,湖上泛舟闻鸟啼。

春兴

窗外曦云易化烟,禅心梦月不曾圆。
指头琴瑟今为器,弹得春声第几弦?

题郭中亮所摄罗湖桥照

横空隐隐望层霄,饮罢归来酒未消。
港岛欣观遇晴宇,一关相隔渡罗桥。

题池中锦鲤图

一泓碧水泽芝幽,锦鲤殷勤逐浪流。
相戏浮沉游自乐,观鱼无意挂闲愁。

太平猴魁

太平邀友饮猴茶,雅味清香叶色嘉。
品茗云峰甘似酒,山花带雨探春芽。

注：太平猴魁曾于太平洋万国博览会（1915年巴拿马）获一等金奖。孙中山曾为之题词："饮杯猴茶,如得知己,可以无憾。"周恩来总理称其"独一无二"。胡锦涛主席曾作为国礼赠送予俄罗斯总统普京。

>>> 王亚平 书法

大漠胡杨

扎根大漠历沧桑,古木豪歌伴雪霜。
沙海腾挪英气贯,咏其刚秉灿星光。

深圳平安大厦

云中眺望最高楼,寻胜风光远景遒。
更喜鹏城春气满,开襟长咏月如钩。

冬吟(仄韵)

登临送目望吴越,残雪未消映楼阙。
寒木萧萧烟雨深,多情更待春庭月。

热烈祝贺江苏省宿迁市新四军研究会成立

永忆宿迁烽火情,军民驱寇史垂名。
丹心碧血凝忠骨,圆梦神州祭烈英。

参加上海纪念彭雪枫诞辰110周年活动感咏

深情怀念泪苍颜，先烈功高越峻山。
悟理初心终不忘，精神犹在海天间。

纪念彭雪枫将军诞辰110周年感怀

南征北战功垂史，枫雪沐寒遗德馨。
壮志凌云冲碧汉，英名一世耀丹青。

王亚平 书

丁酉年著名书法家王亚平书
痛悼余旭

巾帼英雄身殒国,长歌一曲海天悲。
云中孔雀乘风去,肠断亲人泪滴诗。

注:余旭,女,1986年出生于四川崇州,中共党员,空军上尉,二级飞行员,曾任空军八一飞行表演队中队长。革命烈士。2016年11月12日,她所在的八一飞行表演队在河北省唐山市玉田县进行飞行训练中发生一等事故,余旭跳伞失败,壮烈牺牲。余旭生前被战友们称之为"蓝天金孔雀"。

下沙粤府与诸友欢聚
步钟子美老师诗韵

芳菲妩媚小园开,海日霞光极目回。
置酒楼台迎友客,放歌牵出美人来。

时光不觉已秋深,粤府灯辉谊可寻。
流水高山钟伯志,云帆万里济同心。

与世界华人文化研究会钟子美会长、许昭华常务副会长等诗人合影。

和香港著名诗人许昭华老师

铁马金戈忆战尘,新军画卷史诗珍。
最欣诗友吟歌悦,传统相承勉后人。

钟子美老师原玉

丁酉七月二十二日深圳新四军研究会郭苏淮执行会长于深圳下沙粤府宴请世界华人文化研究会同仁有句。

流水高山來粤府,论交不在酒杯深。
筹谋但得诗情共,沧海云帆济壮心。

许昭华原玉"楚歌兄茶宴赠经典美术作品集"

经典雄兵书画珍,江南一叶未蒙尘。
流觞曲水军歌荡,壮史千篇励后人。

注:铁军书画:楚歌惠赠经典美术作品集《铁的新四军红色记忆》,书中收集全国各地名画及书法,内容丰富多彩,图文并茂,甚为珍贵。

和昭华兄绝句

朵颐大块美羊头,肉嫩汤醇食感悠。
宾客浅尝营养酒,方知益兴在清秋。

昭华兄诗原玉:

鹏城不觉已深秋,军号频催人事悠。
汤肉飘香群友聚,朵颐大块剩羊头。

吟锦鲤

池波鱼戏贺新春,锦鲤殷勤迎客人。
莫负家园风日好,欲传尺素倍相亲。

友聚

沙村夜晚微风远,海月腾空独照人。
绿蚁花红酬上客,何如一醉剑南春。

注:寒舍和下沙村相近,其不远处是深圳湾。村里酒家甚多。

咏金天赐院长山水国画作品

玉润千流碧水潺,飞鸿掠宇九州还。
黄金难换青松树,晖映云笺岭外山。

<<< 金天赐 画

题金天赐画

远舟归去趁东风,树色云山绿映红。
伫立江楼人尽望,夕阳春水笛声中。

题金天赐翠鸟图

陌野芳园碧草生,翠莺飞上独枝鸣。
春光树色开新绿,隐约堪闻笛赋声。

春晨闻鸟鸣

朝闻窗外鸟鸣歌,心悦鹏城景气和。
晓望海山风细丽,椰林灯火粲星河。

回乡

沪上还乡秋已尽,群山苍郁雾蒙蒙。
相逢一梦嘘长短,微笑楼台烟雨中。

感吟

浦江两岸霓虹灿,沪上相逢乐事多。
绿蚁今宵人易醉,世交情切漾心波。

夏毓林 摄影

秋吟

欸乃橹声秋水静，丹青入墨柳烟柔。
扁舟一叶江波里，云暮山苍月似钩。

闲吟

微风拂竹竹清清，云水湖波翠柳盈。
白发花前闻鸟语，庐州明月映新城。

感咏

朝晖脉脉浪悠悠，望海楼前万顷愁。
莫怪乡心新岁切，目穷天际认归舟。

感咏

心中忐忑不能安，唯恐藏书读不完。
莫道人间金玉贵，文章大道更欣看。

天井湖

山外青山湖外湖，秋风波逐柳千株。
谪仙偏爱铜官乐，丝雨长亭酒未苏。

注：铜官山（现铜陵），自古以来产铜矿著称于世。李白曾来此，留下千古诗句。

姚敬美 摄影

铜陵行感吟

铜陵风景似扬州,天井湖波柳月楼。
灯火透帘呈夜色,松山翩舞雨林秋。

注:铜陵五松山依江而立,绝顶处原有古松。

宁静致远

宁心江海共云天,静倚书窗独粲然。
致福苍生方取济,远山芳草咏流年。

漫吟

白鹭栖枝海上林,春来芳迹竟谁寻。
东风道是桃千树,梅柳依然入我心。

戏吟

逸兴悠悠一老翁,举杯邀月度春风。
吾侪满面红光好,红脸谁知是酒红。

春夕

微月斜阳暮岭西,小园亭外是青溪。
黄鹂触景不飞去,只在长条枝上啼。

注:长条是指长的枝条或特指柳条。

夜吟

三更乍觉薄衾冷,春露凝风吹落英。
此夜诗魂难入梦,野棠花递雨来声。

春晨

春曦云景郁苍苍,海岸林阴陌草香。
鸟雀欲歌山色碧,东风花气雨生凉。

注:近日鹏城连天阴雨。古人云:"花气凉于雨。东风岂能解。"

漫兴

湖山胜处花林俏,细雨临波棹影寒。
春色撩人难入梦,一枝梨雪映栏杆。

郭苏淮 书

杭州西湖歌舞盛会

五彩缤纷醉舞还,柳亭明月水云间。
清歌雅曲西湖夜,云树烟波塔映山。

注:郭苏淮书鲁迅诗。

访友

今日新城见友家,春风拂面似云霞。
柳垂桥绿人思醉,鸟语枝头更护花。

漫兴

南国正逢风景好,秋林枫色现殷红。
空山新雨迷泉石,长忆王维诗画翁。

注:唐代诗人王维诗中有画,画中有诗。

秋吟

碧海云山鹭掠空,风光远近两应同。
鹏城秋景何须问,烟雨楼台入画中。

秋兴(二首)

踏径寻幽日月长,亭台疏影陌花香。
风波不信枫林美,好景人间秋晚凉。

云海青山映小楼,长风浩荡拂清秋。
欣临十月登高处,一曲心歌咏九州。

秋晨（二首）

扁舟海上御秋风，一抹晨光水映红。
独有诗心幽意远，青山芳草碧云中。

渐起车声连晓际，方知梦境有无间。
云心捧得朝阳出，倦眼翻书倚枕闲。

远望感吟

目断春山隐夕阳，湖光倒影柳桥芳。
感君情谊如云海，方识朋心合力强。

重阳

访菊心随归雁远，悠悠佳节又重阳。
邀朋今日登高处，唱罢山歌各一觞。

回庐州

微风拂竹竹青青,云水湖波晚柳盈。
小院花前闻鸟语,一轮明月满庐城。

注:庐城,合肥古称庐州。

秋节集句

谁爱风流高格调,四时佳兴与人同。
白云初下天山外,秋色连波是梦中。

秋日杂咏

碧潭秋色鬼神惊,貌似桃花化作樱。
清酌良宵闲日月,年高余愿赋诗行。

郭苏球 摄影

春寒漫兴

蜿蜒淝水抱城斜,邀友桥边觅酒家。
举眼风光犹好咏,数枝春色雪凝花。

秋景

湖桥柳色苍山塔,恰似西施姿色飒。
万景难如此景幽,水光秋叶两相合。

徐福生 摄影

飞鹭(二首)

远山云气接秋波,心醉斜阳一曲歌。
万象风光无限意,悠悠飞鹭逸情多。

飞鹭栖枝海上林,春来芳迹究谁寻。
吟山忽忆云深处,不负浮生天地心。

鹭

双鹭掠波姿自媚,迎风展羽欲排云。
荷塘亦得闲中趣,渌水清清雪影欣。

注:诗曰:"矶头雪影多鸥鹭。"

柳枝词

万家灯火映山岚,寂寂林阴酒半酣。
细雨落花舟一叶,春风何日到江南。

漫兴

秋晨观海鹭飞空,暑气难消少有风。
唯见一桥分岸色,山川南北寄云鸿。

注:候鸟鹭鸶飞抵深圳红树林栖息过冬。

秋吟

心中长念在天涯,故国家居近物华。
湾海云山飞鹭远,浅愁霜雨冷秋花。

秋望

闲庭对景物华幽,远目山形雾雨收。
疏竹影侵苔石径,林溪深处觅中秋。

中秋感吟

草树欣欣映碧霄,横空隐隐楚山遥。
秋风湖上婵娟影,梦里何曾到月桥。

咏麦务强黄果树瀑布照

石耸奇峰壁立巅,凌空泻下百寻泉。
流云瀑映青山色,烟水氤氲漫碧天。

秋吟

绿野依依向物华,秋风秋雨润天涯。
浮云深处萦怀远,昨夜仙湖梦径花。

感吟深圳徽粤轩大酒楼文化氛围浓郁

梅花逸韵咏琼门,皓月婵娟感客恩。
来会瑶池知雅意,高朋满座羡徽轩。

秋夜(二首)

秋风秋雨草齐生,一片初飞叶有情。
独卧窗前已无月,夜深犹听弄弦声。

红树青山染翠阴,秋江晓月五更深。
无眠感起闲愁处,寥寂伊人独抚琴。

感赋

一墙红叶自芳菲,野色呈秋映夕晖。
客路郊原逢雨霁,楚天空阔雁高飞。

秋吟

梧桐夜雨梦萦深,碧宇云开楚越吟。
不见秦淮听燕语,天涯杯酒故人心。

秋情

湾海碧山微雨晴,熏风拂岸早潮生。
骚人自怪无诗语,舟棹犹闻欸乃声。

秋兴

碧水芙蓉蕊正开,花迎红树近高台。
九秋风露云飞处,夺得千峰翠色来。

陈德荣 摄影

秋咏

浮生堪笑半成翁，淡荡秋光咏晚风。
白首知音尝恨少，一声长笛夕阳中。

秋风凉

千林寒拂草丝黄，竹影嵌窗晨露香。
人道月明天似水，秋凉闲步沐轻霜。

红林

山水红林同翠色,秋来竹阁临空碧。
烟波时望起微风,月夜枝头清露白。

咏蝶

一双蝴蝶戏芳丛,花草争春沐暖风。
西望山间云雾起,小园烟景渐蒙笼。

秋趣(二首)

秋来雨过暮云空,早晚清凉别有风。
暑退悦心时节好,一枝松色月明中。

横秋归雁客思家,觞韵清词咏物华。
心逐胜游邀友醉,缘知乡梦近天涯。

偶吟

相聚江南堪乐处,山吟古木接云霄。
而今何地寻芦水,但愿能观野鹜飘。

红花

红花初绽粲千花,风妒红花细雨加。
绿叶惜花相映远,奇葩烨烨染山华。

桃花

陌上人家几树花,芳林含笑驻年华。
春融寻得桃源醉,红雨飞英戏晚鸦。

姚敬美 摄影

双色茉莉

鸳鸯花发艳阳天，细雨揉香洁似仙。

玉骨冰肌吟逸韵，芳枝映日更香妍。

注：注：双色茉莉又名鸳鸯茉莉，其英文名意为："昨天，今天，明天"，一年三至十月多次开花。

遣兴寻幽

独步寻幽路向东，云山海畔拂清风。

陌头忽见春花灿，草里深藏数点红。

西湖

西湖尽览思吴越,记取苏堤咏天阙。
楼外楼望烟水寒,凭阑邀饮云中月。

庐州春情

蜀山草木韵春华,湖水漂萍岸柳沙。
歌彻庐州明月夜,空阶影落玉兰花。
注:广玉兰是合肥市树,传说李鸿章从美国引进。

三峡

大江沐雨冲潮浪,云外丹崖翠影间。
舞鹤峡前风振羽,飞猿啼岸响重山。

秋江吟巢湖陈友德院长老友画

山色空蒙染日晖,碧楼红塔紫烟微。
青云遂有登临意,江水秋风阵雁飞。

漫兴

大江日夜向东流,搏浪飞帆泛远舟。
九曲云波闲梦尽,仰观明月忆春秋。

感咏（二首）

大江东去不辞劳，源自昆仑险壁高。
万里奔腾云野尽，终归洋海作波涛。

大江东去浪悠悠，万古云涛逐水流。
千里婵娟此心共，东坡快意咏徐州。

注：苏东坡曾任徐州太守。

题肖涵敬书《心经》

千枝银烛舞流萤，万顷晴空映画屏。
自笑遇欣无罣碍，三生缘有涤心经。

咏妹妹郭沪生合肥家院三角梅

秋光潋滟自芳菲，绛紫清佳叶露微。
窃喜妹家梅最早，花容满目不思归。

郭沪生 摄影 >>>

咏妹妹郭沪生种花(二首)

忽见凌寒花朵朵,一丛紫艳一丛红。
诗心逸韵如梅发,雨润霜枝沐晚风。

云在碧空花有容,衣裳鲜洁雨烟浓。
林中也咏芝兰树,早晚长萦梦里逢。

深圳友人蒙君公司观大陨石感吟

此意欣欣观陨石,星流铁质蚀熔坑。
快飞尘碎真如雨,远落沙洲梦里惊。
注:科学家们说,我们地球每天都会被陨石撞击。

秦淮忆游

荏苒眉间画阁深,大江入海待重寻。
秦淮忆梦盈朱雀,百姓欣怡燕子吟。

与安徽省总工会有关新老领导和老同事老朋友合影留念。

老同学相聚感怀

同窗一别故园秋，今日微霜染白头。
难得吾侪相聚喜，小楼欢宴兴悠悠。

合肥老友陈辉1980年代古井贡酒款待偶得

八十年藏甘醴酿，无波古井水清醇。
壶觞自酌琴书伴，附雅迎朋洗远尘。

月季

海山新雨旧亭台,独遣春光月季开。
芍药牡丹贵为晚,妍姿自有玉人来。

注:远远望去,月季花有的像一个小绒球,有的像一个火球,有的像一个亭亭玉立的少女,在风中摇晃着自己的枝叶花朵,好像在跳舞。

春情

春来燕子归巢住,倩影盈盈还似故。
细雨落红铺径池,一怀幽梦吟烟树。

感吟

松山涧底波招月,岩竹丹青墨弄花。
几度尘游登峻岭,欣缘相伴有烟霞。

姚敬美 摄影 >>>

夏吟（二首）

偶得

夕日炎炎拂热风，自南向北又西东。
一弯溪水青山下，小径悠悠望远穹。

泾城夕照

环山绕水青云外，夏木扶疏正郁葱。
百里泾川佳境醉，夕阳西下石榴红。

注：赴安徽泾县参加新四军廉政主题会议，傍晚与李大姐和敬美兄在宾馆外散步。夏日正浓，天气炎热，山城风光秀美，一片祥和景象。

陈德荣 摄影

黄山忆游(三首)

七十二峰高立天,千重烟树雨花妍。
丹崖欲踏闲随鹤,西海观云信谪仙。

奇松怪石瀑流潺,攀顶胜游云海间。
三十六峰飞入梦,方知至美是黄山。

仰头凝目望黄山,天路悠悠岭自闲。
寄语莲花峰峻秀,诗心都在水云间。

注:谪仙李白游黄山留下多篇千古名句。

自吟

点鬓霜新惟自知,松风劲骨见冰姿。
梅香疏影无留意,老树犹存著蕊枝。

钱塘潮

烟雨朦胧楼外楼,吴山独望满城秋。
一声长笛寻西子,长忆观潮踏浪头。

姚敬美安徽涡阳家乡观麦田

春夏秋凉几度风,田禾收获望年丰。
欣观麦海千重浪,万顷金波映日红。

老三届知青 68 年下放 50 周年感怀

曾记秋风独自凉,追思往事立斜阳。
且将热血凝山岳,霜染芳华晚节香。

注:诗曰:"且看黄花晚节香。"

春思

何人没有乡园梦,夜雨萧萧肠断声。
仰望浮云遮夜月,唯将愁绪酿深情。

刘莉 摄影

腊梅

倩影凌寒独放花,疏枝横玉近人家。
腊梅梢上千般韵,红萼无言伴日斜。

梧桐

天资韶雅咏梧桐,广叶花清翠色融。
浩月一轮疏影浅,何思夜雨石阶空。

竹屋雅趣（二首）

闲居竹屋菜肴嘉，坐看斜阳透碧纱。
人面桃红相映美，氤氲夏气客来家。

玉壶载酒兴游春，修竹庭前草色新。
林屋坐中皆是客，酣心须有醉归人。

注：深圳横岗康乐路怡美苗圃竹园闲居酒屋与友欢聚，特作此诗。

雪梅

烟云满眼雪漫漫,艳朵迎春倩影寒。
诗酒邀君欣唱和,风光适意映林峦。

题松鹤图

仙羽排云碧宇重,微风海韵寄心踪。
陡生无限题诗意,笔砚长吟话鹤松。

注:仙羽,鹤别称之一。

仙鹤

鹤意闲思偶倦飞,斜阳波影染金辉。
临风长啸秋空碧,仙语荷池两共依。

梅鹤

水净山光出秀云,徐风鸟语可遥闻。

梅香轻染双闲鹤,高逸长思和靖君。

注:林和靖,北宋著名诗人,隐居西湖孤山,终生不仕不娶,唯喜植梅养鹤,自谓"以梅为妻,以鹤为子",人称"梅妻鹤子"。

天柱山

横空一柱隐层霄,踏石攀崖渡鹊桥。

欲取一乘明大道,东风寄语小乔娇。

注:史学家陈寿在《三国志·周瑜传》中记载,周瑜和孙策在公元199年攻占皖,即今安徽潜山一带,并分别娶小乔、大乔为妻。王士禛《渔洋诗话》云:二乔宅在潜山县,近三祖山,故山谷诗云:"松竹二乔宅,雪云三祖山。"三祖寺位于安徽天柱山南面景色怡人的凤形山上。鹊桥是天柱山一风景点。三祖僧璨说:"欲取一乘,勿恶六尘。"

石斛

楼阁林兰石上生,花开书屋正春声。
依空无土天然长,仙草强阴病不惊。

注:深圳家中朋友从安徽送的石斛近日开花。石斛别名林兰,是九大仙草之首。花优雅,玲珑可爱,花色鲜艳,气味芳香,被喻为"四大观赏洋花"之一。盆栽石斛的种料,盆底三分之一处用粒径23厘米石子,上部三分之二细碎树皮、碎粒石子盖面。每周浇一次水,不用多。石斛花可连枝头剪下做菜吃,剪后其又继续长花。

吟雾凇

一夜寒风冷雾涂,晶枝冰骨影疏疏。
丰年之兆奇葩景,玉树琼花画不如。

注:雾凇古名"树稼"。

<<< 郭苏淮 摄影

咏柳(八首)

远烟柳色夕阳斜,啼皱池波一片鸦。
试解红楼宝钗意,春风拂絮笑天涯。

闲庭野草本无葩,幽木故园犹物华。
枉自多情烟絮柳,随风轻薄不还家。

注:《红楼梦》第七十回,宝钗笑道:"我想,柳絮原是一件轻薄无根无绊的东西,然依我的主意,偏要把他说好了,才不落套。"

春风几度柳毵毵,又见长条景致谙。
花树湖波鱼戏乐,天涯芳草绿江南。

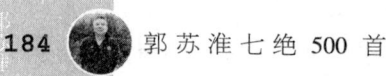

斜阳雁过池边柳,拂水飞丝向夕昏。
得意春风犹不羡,逸思明月满乾坤。

东风翠柳媚佳人,百尺拂塘丝色新。
何待花繁胜游日,与君相伴往来频。

春风拂柳柳依依,幽草芳华染翠微。
水色山光笼夜月,烟林闻有早莺归。

柳花烟影映波池,正是鹏城春月时。
鸟入芳枝欲攀折,衣沾香雾语新词。

玉笛飞声又忆春,轻寒细雨拂冬尘。
思吟堪慰诗心在,更待清风柳色新。

母校合肥八中60周年校庆感赋

欣迎华诞满园春,母校风光岁岁新。
余在鹏城虽白首,恩师梦念泪沾巾。

郭苏萍 摄影

吟茶花

花红炫目蝶先知,翠叶香葩漫放时。
疏影吟春临绿水,庭前不忍采芳枝。

围棋

黑白分明意趣真,烂柯一梦百年人。
纹枰论道凝眉处,棋圣神机击日邻。

注:当年中日围棋擂台赛,聂卫平屡创佳绩。1988年3月22日为表彰聂卫平对围棋事业的杰出贡献,国家体委和中国围棋协会授予他"棋圣"称号。

题一位老先生所摄双鹤图

流影烟光双鹤舞,蒹葭摇曳见贞姿。
霓裳云气萦丹顶,梦境飞翔秋景时。

读《昭明文选·陶渊明传》感吟

长怀高趣吟归赋,邀酒衔杯诗兴多。
岂肯低声求五斗,东篱采菊有弦歌。

注:陶渊明赋有《归去来兮辞》。

感吟弟弟郭苏球和孙女郭晨曦全家胜游

天生丽质染晨曦,玉女亭亭绰约姿。
朗日清风芳草绿,爷孙相乐趁春时。

深圳鹿丹村友人新房感吟

旧日风情已不存,闲云楼影映重门。
庭台伴我双仙鹿,一醉流霞河上村。

陈德荣 摄影

左公柳（二首）

西定复疆霜发催，将军日月同时朽。
神州当赞季英雄，何可忘怀左公柳？

抬棺征寇磨心志，驰骋伊犁势建瓴。
底定西陲疆土固，秦川陇道柳长青。

注：左宗棠，字季高，两次率军西征，收复伊犁，沿途种植杨柳树，人称"左公柳"。

后记

  我退休后这几年（主要是2016年以后），陆续写了一些律诗和现代散文诗作，都是为了陶冶情操，丰富老年生活。这次我将近年来写的七绝诗整理成500首，拟先出一本小书，留作纪念。我读书不多，虽然爱好诗词，但功底不深，所写的这些七绝诗味不足，有的失粘失韵，不合格律。非常感谢世界华人文化研究会会长钟子美、常务副会长兼秘书长许昭华两位先生精心指教修改我的陋作，改正错漏，增强了我的小诗的活力；非常感谢杜钢建教授为我写作前言，给我以鼓励，并与张立云先生一起关心、支持和帮助我的这些小诗的出版发行事宜；同样感谢兄弟姐妹们赠予书法、摄影佳品等，使拙诗集版面增光。如今，我以忐忑之心将陋作诗篇奉呈于大家面前，敬请抽暇览观，多多赐教，以使我不断进步，同诸友亲人共悦。

郭苏淮